Nicole Pfeiffer (Hrsg.)

Hundherum Heldenhaft

W0035701

Nicole Pfeiffer (Hrsg.)

Hundherum Heldenhaft

Eine Anthologie

Inhalt

Vorwort

Alles, was uns passiert, passiert uns gemeinsam!

Ich bin mit Hunden aufgewachsen und noch heute begleiten sie mein Leben. Schon immer spürte ich zu ihnen eine ganz besondere Verbindung. Etwas Magisches. Etwas, das ganz bestimmt auch Sie als Tierfreund empfinden können. Denn unsere geliebten Vierbeiner lassen uns alles Schwere vergessen, sind treu an unserer Seite und schenken uns bedingungslos ihre Liebe.

Doch nicht jeder Hundehalter wird bis zum Ende an der Seite seines Vierbeiners stehen. Darum braucht es Menschen, die es sich unermüdlich zur Aufgabe gemacht haben, eben jenen ein Heim zu bieten. Eine von ihnen ist Stevie Badura. In ihrem Hundeseniorenhospiz finden alte, gebrechliche und oft leider auch sehr kranke Hunde ein »Für-Immer-Zuhause«.

Schon lange verfolge ich ihre Arbeit mit der »Rentnerbande« und bin beeindruckt von ihrer schier unerschöpflichen Kraft und Herzenswärme.

Auch mein Mann und ich mussten erfahren, wie aufreibend es ist, ein Tier in schwerer Krankheit in seinen letzten Lebensmonaten zu begleiten. Mit ihren sieben Jahren war unsere Maggie noch nicht alt, dafür sehr krank. Das Schicksal traf uns nicht unerwartet, aber mit voller Härte. Keiner, der es nicht selbst erlebt und gefühlt hat, wird wirklich verstehen können, was das heißt – schlaflose Nächte, quälende Ungewissheit, unzählige Fragen: Was kann ich (noch) tun, tue ich genug, ist sie nur stark für uns, weil sie spürt, wie sehr wir leiden, können wir ihr trotz aller Einschränkungen ein möglichst schmerzfreies Leben schenken, für wie lange noch und wann ist es genug?

Und zum ersten Mal konnte ich verstehen, dass nicht jeder Hundehalter dieser Aufgabe gewachsen ist. Vor allem verstand ich zum ersten Mal auch wirklich, was Stevie tagtäglich leistet. Man stumpft nicht ab mit der Zeit. Und man muss sich nicht nur mit zahlreichen Erkrankungen und Behinderungen und schier unüberwindbaren finanziellen Kosten auseinandersetzen, sondern auch mit dem Tod. Wer alte Hunde pflegt, weiß, dass dieser Weg unausweichlich ist.

Diese Anthologie ist eine Hommage an all unsere tierischen Gefährten. Aber vor allem auch an ihre menschlichen Begleiter, die gemeinsam Seite an Seite diesen Weg unbeirrt und voller Liebe gehen. Ihr Leben lang!

Darum ist es mir ein Herzensanliegen, das Hundeseniorenhospiz zu unterstützen. Zum einen finanziell, zum anderen mit Wertschätzung und Aufmerksamkeit. So entstand die Idee des Charity-Projekts »Hundherum Heldenhaft«.

Gemeinsam mit den Autorinnen und Autoren der Schreibgruppe »ForumWort« und Gastautorinnen, deren Honorar zu hundert Prozent an das Hospiz gespendet wird, und Ursula Strüver vom Mariposa Verlag haben wir den tierischen Helden unseres Alltags Geschichten gewidmet. Geschichten, die bleiben, genau wie Erinnerungen!

Ich wünsche mir von ganzem Herzen, dass Sie, liebe Leserinnen und Leser, Freude an unseren Erzählungen haben und auch Stevies Geschichte hinaus in die Welt tragen.

Ihre Nicole Pfeiffer

Hanna Bertini

Cheeko

Die Einkaufstaschen hängen schwer an meinen Armen. Nur noch wenige Schritte, durch die Säulen des Frankfurter Tors in die Straße dahinter. Paul steht auf dem Balkon, rauchend, und hebt die Hand mit der Zigarette zum Gruß, in der anderen hält er ein Skript. Ganz in Gedanken versunken stelle ich die Tüten kurz ab, blicke an der Hausfassade hoch. Ich nehme den Mundschutz ab, völlig vergessen hatte ich den. Meine Augen suchen. Suchen, denn ein lautes Bellen schallt aus unserem Haus. Ich kneife die Augen zusammen. Wer kläfft da? Eine leichte Unruhe befällt mich. Déjà vu. Als ich ging, habe ich auch schon ein Bellen gehört. Wo steht ein Fenster, wo eine Balkontür offen, dass dieses Kläffen widerhallen kann, hin und her geworfen zwischen Glas und Stein? Mein Blick schweift bis zum Himmel, das Sonnenlicht flirrt in meinen Augen, die sich automatisch zusammenziehen, als wollten meine Wangen den Augenlidern beim Beschatten helfen. Das Kartoffelhaus nebenan schickt seinen Bratgeruch direkt in meine Nase. Hunger hab ich auch. Greife nach den abgestellten Tüten, überquere die Straße und gehe ins Haus. Dort lehnt Paul schon in der Wohnungstür. Das Hundebellen echot durchs Treppenhaus, hechtet aus den oberen Stockwerken in Wellen nach unten. Es dröhnt in meinen Ohren. Mal heiser, mal fiepsig. Der Ton fährt mir direkt in die Magenkuhle.

»Gib her. Thunfisch?« Paul nimmt die Tüten und trägt sie vor mir her in die Küche. Ich folge durch den Flur. Auf meinem Schlafsofa im Wohnzimmer liegen seine Skripte, auf dem Esstisch auch und auf dem Schreibpult. Bleibt mir fürs Lernen noch der Boden. Er Zivilrecht, ich Strafrecht, so kommen wir nicht durcheinander.

»Thunfisch in Öl? Bäh!« Paul lässt die Dose auf den Tisch fallen. »Lake!« Dann gräbt er sich durch die Tüten, hält meine neuen

Textmarker und die bunten Post-its hoch.»Na, wenn's hilft.« Er knallt beides auf die Anrichte.»Keinen guten Rotwein, keine Oliven?« Er beäugt den Rest:»Kaufst gern billig, was?«

Ich gähne, zu müde für verbales Säbelfechten.»Thunfisch – da hin.« Ich zeige auf die linke untere Schranktür der Anrichte, wo die Konserven stehen. Für jemanden, der dankbar sein kann, dass ich ihn in den letzten vier Wochen vor unserem Staatsexamen auf meiner Couch unterbringe, ist er ganz schön anspruchsvoll. Das Licht muss richtig sein, die Temperatur genau austariert. Sein Lernen dehnte sich aus vom Schlafsofa ins Wohnzimmer, in mein Schlafzimmer, den Flur, die Küche. Er ist überall.

Komm, rede ich mir gut zu. Dein Glück, sonst säßest du hier allein mitten im größten Lernstress, blockiertest dich, gucktest»Stranger Things« auf Netflix und könntest jede Nacht schlechter schlafen vor dem Examen. So habe ich mir einen Antreiber einquartiert. Das hilft. Ich fahre mit meiner Hand unter mein T-Shirt und über den Rücken. Keine Peitschenstriemen zu ertasten – und doch sind sie da.

Paul richtet sich vor mir auf, streckt sein Kinn vor und rollt mit den Augen.»Dieser Kläffer nervt schon den ganzen Tag!«

Wieder halte ich inne, horche. Ja, selbst hier drinnen ist das Bellen zu hören, fast ohne Unterlass. Wem gehört der Hund, der sich sein Herz aus der Seele bellt? Meins zieht sich zusammen. Etwas stimmt nicht.

»Unglaublich, dass die Leute ihre Köter nicht im Griff haben.« Paul schiebt die Anrichtentür mit dem Fuß zu, die widerborstig noch mal aufgesprungen ist.

»Ich frage mich, wem er gehört.« Nachdenklich lausche ich der Hundetonleiter und gehe im Kopf die Etagen durch. Das Ehepaar neben uns ist es definitiv nicht. Die Familie ganz oben auch nicht. In der dritten vielleicht? Ich schäme mich, weil ich nicht wirklich weiß, wer da wohnt.

»Jedenfalls kann ich so definitiv nicht lernen.« Paul fasst sich theatralisch an den Kopf. Ich unterdrücke ein Kichern. Manchmal übertreibt er wirklich. »Das untergräbt jede Konzentration.« Die Wut in seiner Stimme ist unüberhörbar und diese schlechten Vibrationen fahren mir unter die Haut.

»Ich geh gucken.« Schon schlägt die Wohnungstür hinter mir zu. Soll er für sich stänkern. Ich marschiere die Treppen hoch, bis ich vor der Wohnung stehe, aus der das Bellen dringt. Klingele. Das Bellen kommt zur Tür, doch sie öffnet sich nicht. Noch einmal drücke ich die Klingel und noch mal und noch mal. Nichts.

»Hallo?«

Niemand antwortet.

Ich klingele an der Tür nebenan. Ein Mann im Bademantel öffnet mürrisch die Tür, soweit die kleine Kette innen es hergibt. Kalter Rauch schlägt mir entgegen. »Sagen Sie, wissen Sie, wem der Hund gehört? Er bellt schon den ganzen Tag.«

»Die Töle. Na, der alten Kirchhof. Isse nicht da? Die ist doch immer da. Ansonsten haben die Papenburgs den Schlüssel.« Er weist mit dem Daumen nach oben.

Da klackt die Tür schon wieder ins Schloss. Gerade will ich die Treppe hinauf, da schaut von oben eine Frau über das Geländer.

»Sind Sie Frau Papenburg?« Sie nickt. »Frau Kirchhofs Hund bellt schon den ganzen Tag. Wir sollten nachschauen, ob mit der alten Dame alles in Ordnung ist.« Sie runzelt die Stirn, kommt dann aber doch in rosafarbenen Stoffschlappen mit dem Schlüssel heruntergeschlufft, um die Wohnung zu öffnen. Ein hübscher rotbrauner Cockerspaniel schießt uns entgegen und umrundet uns ein ums andere Mal. Erschrocken weiche ich zurück. Aber er scheint lieb zu sein. Jedenfalls hält Frau Papenburg ihm beruhigend die Hand entgegen.

»Braver Cheeko!« Sie niest heftig. Vorsichtig betreten wir den Flur und schauen in jedes Zimmer.

»Hallo, Frau Kirchhof?« Cheeko läuft schwanzwedelnd vor uns her. Da sehe ich die alte Dame. Sie liegt in ihrem Lehnstuhl im

Wohnzimmer unter einer dicken Decke, schnappt nach Luft, röchelt, immer wieder unterbrochen von einem trockenen Husten. Es ist kaum Bewegung in ihr. Frau Papenburg hilft ihr, sich aufzurichten, und tätschelt ihre Hand. Ich ziehe schnell das Handy aus der Hosentasche und wähle den Notruf. Meine Füße wollen nicht still warten, sie laufen auf und ab und dann in die Küche. Mit einem Glas Wasser komme ich zurück. Die Nachbarin und ich rücken Stühle heran und sitzen bei Frau Kirchhof. »Gleich kommt Hilfe«, sagt Frau Papenburg. Ich beiße mir auf die Zunge, um nicht zu klugscheißen, dass in Deutschland der Rettungswagen 15 Minuten benötigt. Nur Cheeko weiß genau, was sein Frauchen braucht, legt seinen Kopf auf ihr Knie und schaut sie so lieb an, dass sich ihr Atem beruhigt. Schließlich kommen die Sanitäter und nehmen die alte Dame mit. Reden kann sie nicht. Zum Abschied hebt sie die Hand und zeigt mit einer fahrigen Bewegung auf Cheeko.

»Ach herrje, den muss jemand nehmen. Sie sind jung, tun Sie das. Ich habe eine Hundehaarallergie.« Frau Papenburg niest nachdrücklich. Dann dreht sie mir den Rücken zu und eilt nach oben in ihre Wohnung.

Ich? Einen Hund? Cheeko hat aufgehört zu bellen und schaut mich vermutlich ebenso ratlos an wie ich ihn. Als ich in die Hocke gehe, kommt er mit wedelndem Schwanz angelaufen und schnuppert an mir. Ich kraule ihn hinter seinen süßen Schlappohren und wundere mich, wie weich so ein Fell sein kann. Selbst ich werde sofort ruhiger dadurch. »Kluger Cheeko, hast du Hilfe für dein Frauchen geholt!« Sieht aus, als würden wir klar kommen. Ist ja sicher nur für ein paar Tage. Im Flur findet sich die Leine; Futter und Fressnapf klemme ich mir unter den Arm. Cheeko springt fröhlich vor der Tür auf und ab. Er kann es wohl nicht erwarten rauszukommen. Ich leine ihn an und öffne die Tür. Schon läuft er los und zieht mich hinter sich her. So schnell ist er, dass ich fast stürze auf der Treppe. »Wow, wow, immer langsam, Kleiner!«

Vor meiner Wohnungstür halte ich den Hund fest und klingele mit dem Ellbogen. »Wir haben einen neuen Mitbewohner.« Vollbepackt dränge ich mich an einem verdatterten Paul vorbei in die Küche. Als ich mich wieder umdrehe, steht er in der Tür, die Hände in die Hüften gestützt. Cheeko wuselt freundlich um ihn herum.

»Was soll das? Eins ist wohl klar: Der Hund kann hier nicht bleiben. Wie willst du dich aufs Examen vorbereiten?«

Fast antworte ich »Ob ich einen oder zwei Männer hier unterbringe, ist doch auch egal« – aber das verkneife ich mir.

»Es muss irgendwie gehen. Er kann sonst nirgendwo hin. Sein Frauchen ist im Krankenhaus.«

»Ich kann so nicht lernen.«

»Sei nicht albern, Paul. Er frisst, schläft und wir gehen mit ihm spazieren, das ist doch kein großes Ding!«

Paul schaut mich an, als wäre ich Frankenstein oder jedenfalls völlig übergeschnappt. Demonstrativ verschränke ich meine Arme: »Was schlägst du vor?« So langsam geht mir diese kapriziöse Art gewaltig auf den Senkel. Meckern ist einfach. Aber wo bleibt die Alternative?

»Ich oder er!«

Stumm starre ich Paul an. Dann passiert es. Es blubbert von ganz tief unten in mir herauf und entlädt sich in einer gewaltigen Lachsalve.

»Ich schlafe ab jetzt bei Ingo!« Pauls Rucksack ist schnell gepackt.

Cheeko und ich schauen ihm vom Balkon aus nach. Als wir ihn nicht mehr sehen können, erkundet Cheeko die Wohnung und macht schließlich Halt vor der Wohnungstür. Kein Wunder. Er muss sicher dringend raus. Also drehen wir eine Runde. Dann setze ich mich zum ersten Mal seit längerer Zeit wieder an den Schreibtisch und lerne das Eigentümer-Besitzer-Verhältnis, kurz EBV. Es ist wirklich kompliziert, aber immer, wenn ich aufgeben will, ist da Cheeko, stupst mich an, reibt seine Schnauze an meinem Bein und schaut mich so lieb an, dass ich seufze und weitermache. Er hat ja recht. Abends auf dem Sofa bei »Stranger Things« liegt er auf meinem Schoß und manchmal schnorchelt er weg, manchmal ich. In aller Wärme und als hätten wir schon zu allen Zeiten so gelegen. Wenn die Last des BGB mich morgens nicht aufstehen lässt, kitzelt sein Atem mich an der Nase, bis ich dem Tag ins Antlitz sehen kann. Wie gut wir es haben! Wie gut auch im Vergleich zu der armen Frau Kirchhof, die immer noch mit Covid kämpft, wie Frau Papenburg mir berichtet hat. Aus einer Woche werden zwei.

Eines Tages steht Paul wieder mit seinem Rucksack vor der Tür. Ingo und er, das hat nicht gut funktioniert. Er riecht nach Rauch und Whiskey und einem femininen Deo, das ich nicht kenne und niemals tragen würde. Gerade will ich ihn hereinbitten, da kommt Cheeko angeflitzt. Er fletscht die Zähne und schlägt so laut an, wie ich es noch nie gehört habe. Nichts kann ihn beruhigen, kein Leckerli, kein Streicheln, kein Flehen. Und schon gar nicht Paul. Er ist zum Hütehund mutiert und lässt Paul nicht einen Schritt über die Schwelle. Irgendwann geben wir auf. Soll Paul doch bei der Deo-Frau unterkommen, denke ich schließlich und zucke mit den Schultern. Endlich geht Paul und ich schließe die Tür hinter ihm.

Drei Tage später schickt er mir eine Nachricht: »Hi, liege mit Covid im Krankenhaus. – Du hast eine feine Art, Leute im Stich zu lassen.«

Da begreife ich auf einen Schlag. »Cheeko!« Zwei Schlappohren kommen um die Ecke gesaust. Ich gehe in die Knie und nehme ihn fest in den Arm. »Du kluge Nase – hast nicht nur mein Examen gerettet, sondern auch noch mich.«

Ulrich Conrad

Ein barpfotiger Lehrmeister

Endlich ist der Carolafelsen erreicht. Schnell etwas trinken und auch für Rex etwas Wasser aus dem Rucksack holen. Bei dieser Hitze hätte ich die Wanderung lieber verschieben sollen, aber der wolkenlose Himmel belohnt mit einer herrlichen Sicht. Rex hechelt unaufhörlich. »Sei froh, dass du so ein helles Fell hast. Mit schwarzen Haaren, wie ich sie habe, wäre dir noch wärmer.«

Die Aussicht über Wald und Tafelberge ist fantastisch, aber der Rucksack schwer. Er wird gleich leichter, denn Rex und ich brauchen eine Erfrischung. Die Trinkschale meines geliebten Golden Retrievers platziere ich neben mir, da steht er auch schon voller Erwartung an meiner Seite. Seine Zunge hängt weit herab. Klar, dass er Durst hat, den habe ich auch.

»Hier Rex, das ist für dich.« Voller Energie hat er mich bis hier oben begleitet und sein mitgebrachtes Wasser redlich verdient. Als er zu trinken aufhört, streichle ich ihm zufrieden sein Fell.

Ich weiß ja, wie sehr er das genießt. »Bist ein ganz Guter, Rex. Der beste Rex, den ich kenne.«

Der Aussichtspunkt bietet ideale Bedingungen, sich ein wenig hinzulegen und zu verschnaufen. Ein leichter Wind weht zwischen verkrüppelten Kiefern und jungen Birken hindurch, es reizt mich, meine schweren Wanderstiefel auszuziehen und die Luft an meine überhitzten Füße zu lassen.

Gedacht, getan. Mit Blick in die Baumwipfel lege ich mich auf den Boden und spüre den Wind zwischen den Zehen, bis Rex an ihnen leckt.

»Nein, Rex, das kitzelt!«

Nur einen Moment schaue ich auf, dann lässt er mich in Ruhe. Mit geschlossenen Augen lausche ich dem Vogelgezwitscher und dem Rauschen des Windes in den Blättern der Bäume. Sicher ruht sich Rex auch aus.

»Entschuldigung. Brauchen Sie Ihre Schuhe nicht mehr?«, höre ich eine Männerstimme fragen.

Ich richte mich auf. Rex knabbert auf einem herum, als wäre es ein Kauknochen.

»Nein, Rex!«, rufe ich.

Er schaut kurz auf, doch es scheint ihm zu schmecken.

Ich erhebe mich von meinem Lager, bedanke mich bei dem Herrn, der ein paar Schritte weiter den Blick in die Ferne genießt, und versuche Rex seine Beute abzunehmen.

»Aus!«, rufe ich, doch er ignoriert das.

Abseits des Aussichtspunkts rennt er munter mit meinem rechten Schuh in der Schnauze ins Unterholz. Wie soll ich ihm barfuß dorthin folgen?

»Rex!«, rufe ich. »Hierher!«

Sein Spieltrieb ist jedoch größer als sein Gehorsam. Ich sollte nochmal mit ihm zur Hundeschule gehen.

Mühsam tasten sich meine Füße am Rande des Unterholzes über die Felsen. Von Wind und Wetter ist dieser so glatt geschmirgelt, dass ich darauf gut gehen kann, aber zwischen die Erikaheide zu treten, ist sicher unangenehm. Allmählich werde ich ungeduldig. »Komm endlich her, Rex!«

Mein treuer Gefährte hält das Ganze offenbar tatsächlich für ein Spiel. Bedenklich nah tritt er an den Abgrund heran. Wenn er da runterfällt, ist es um ihn geschehen.

Sicherheitshalber werde ich strenger. »Rex, aus!« Er sieht mich an, als wollte er fragen, ob ich nun mitspielen will oder nicht.

Ich will es nicht. »Aus, Rex! Hierher!«

Jetzt beendet er das Spiel und lässt den Schuh fallen. Dort, wo er gerade ist, mitten ins Heidekraut.

Wie komme ich da hin? Barfuß über diesen Bodenbewuchs?

»Soll ich Ihnen den Schuh holen«, fragt mich der nette Wanderer, der mich geweckt hat, »oder zerfleischt mich Ihr Liebling dann?«

»Oh, das wäre ganz wunderbar, wenn Sie das täten. Keine Sorge, er beißt nicht.«

Mutig tritt er an Rex heran, doch so hatte es sich mein Vierbeiner nicht vorgestellt. Für mich hatte er den Schuh losgelassen, aber nicht für einen Fremden. Sofort schnappt er sich seine Beute wieder, dreht sich um, fest entschlossen wegzulaufen, doch da steht er auch schon vor dem Abgrund. Dieser unerwartete Blick in die Tiefe wird ihn erschreckt haben. Wie angewurzelt bleibt er stehen, aber der Schuh fliegt in hohem Bogen die Felswand hinunter!

»Rex!«, schimpfe ich. »Was hast du da angerichtet? Wie soll ich denn jetzt weiterkommen?«

Der Fremde sieht in die Tiefe. »Tja, das tut mir leid, aber von da kann ich Ihnen Ihren Stiefel nicht mehr holen.«

»Oh Gott, was mache ich denn jetzt? – Rex, war das wirklich nötig?«

Mit eingezogenem Schwanz kommt der Schlingel auf mich zu. Er hat begriffen, was er falsch gemacht hat, aber ändern kann es niemand mehr.

»Ich habe keine Ahnung, wie ich Ihnen noch helfen könnte. Sollen wir die Bergwacht rufen? Aber das wird teuer.«

Das fehlt gerade noch. »Nein, danke. Ich werde schon irgendwie klarkommen.«

»Na, wie Sie meinen.« Dann verabschiedet sich mein verhinderter Helfer, nicht ohne mir noch viel Glück zu wünschen.

»Rex, da hast du mir was Schönes eingebrockt!«

Seine treuen Augen schauen mich an. Wie soll man ihm da noch böse sein? Der verbliebene Schuh nützt mir nichts mehr. Mit einem einzigen zu humpeln, wäre noch mühsamer. Ich binde ihn an den Rucksack und werde ihn später zu Hause wegwerfen.

Soll ich den Abstieg auf Socken versuchen? Die wären bestimmt nach wenigen hundert Metern durch. Das wäre sinnlos, also stecke ich sie ein. Mein Blick fällt über den ausgedehnten Fichtenwald ins Kirnitzschtal. Bis zum Auto ist es weit. Werde ich das schaffen, ohne mir die Fußsohlen zu verletzen? Es bleibt mir nichts übrig, als es auszuprobieren.

Die ersten Schritte auf dem Gipfelplateau sind kein Problem. Überall ist glatt geschliffener Fels. Auf dem Abstieg kommen Holzstufen und feiner Sand hinzu. Auf die vielen Baumwurzeln muss ich achten, um mir nicht die Zehen anzuschlagen.

Rex will vorankommen, doch ich muss vorsichtig sein. So schnell wie sonst geht es bei mir nicht. Ein Blick zu Rex und schon trete ich auf einen unangenehmen Ast.

»Aua!«

Sofort ist er zur Stelle. Er schnuppert an meinen Füßen, als wunderte er sich, warum sie heute nicht in Schuhen verborgen sind, dabei weiß er es ganz genau. Ob er ein schlechtes Gewissen hat? Besorgt untersuche ich meine Fußsohle. Nein, es ist nichts zu sehen, es tat nur etwas weh. Rex hält sich dicht an meiner Seite. Angesichts der Abgründe neben uns ist das auch besser. An einer besonders engen Stelle tritt er mir auf den Fuß.

»Rex! Der untere ist meiner!«

Na, egal. So schlimm war das nicht, schließlich ist er auch barfuß. Tja, er ist immer barfuß. Ich aber kann mir gar nicht vorstellen, wie ich nachher die geschotterte Forststraße bewältigen soll, auf der wir kamen. Was habe ich ihm eigentlich damit angetan? Mir fällt ein, dass er meist neben dem Weg auf dem Gras lief.

Am Wanderweg durch die Wilde Hölle will er unbedingt weiter nach oben gehen. Für den Rückweg ist es ihm zu früh. Ein Abstecher zur Aussicht am Heringsgrund ist gar nicht weit und lohnt sich immer. Der Sandboden bereitet kaum Schwierigkeiten. Sollte ich vielleicht den Abstieg am Frienstein nutzen? Das ist zwar weiter, aber ich erspare uns die steinige Forststraße. Ja, das mache ich jetzt. Am Reitsteig öffnet sich ein herrlicher Blick über den Heringsgrund, die Tafelberge und das Elbtal, bis hin nach Tschechien. Rex, du hattest recht. Hierauf zu verzichten, wäre unsinnig gewesen, zumal es wirklich nicht weit war.

»Nanu? Haben Sie keine Schuhe?«, fragt mich eine junge Frau.

»Die hatte ich vorhin bei einer Rast ausgezogen, dann hat mein Hund einen in den Abgrund geschleudert!«

»Echt? Krass! Kommen Sie denn so klar?«

»Besser, als ich dachte. Der Felsen ist angenehm, leicht rau, aber nicht kantig und im Wald ist viel Sand.«

»Na, dann: viel Glück.«

Das kann ich sicher noch gebrauchen.

Es geht hinunter zum Friensteinflössel, der einzigen Quelle am Weg. Es ist zwar kein Trinkwasser, aber es erfrischt die Füße. Okay, Rex kann davon trinken, es ist nur etwas sandig. Ich gönne ihm die Erfrischung.

Über hunderte Holzstufen führt der Weg weiter hinab. Sie sind krumm und schief, die Abstände unterschiedlich, ich muss mächtig aufpassen, während Rex flotten Schrittes jede Hürde meistert.

Zum Glück komme ich auch recht gut klar. Oft sind es nur Baumwurzeln, die eine Stufe ergeben, aber nirgends sind Schotter oder Dornen.

Unterhalb der senkrechten Felsen der Affensteine geht es annähernd waagerecht durch den Wald. Sand, Wurzeln und von unzähligen Wanderschuhen geschliffene Felsen ergeben immer wieder neue Abwechslungen. Ich fühle mich leicht! Der Verzicht auf die schweren Stiefel erscheint mir schon fast als Erholung.

An einer Verzweigung verraten mir Wegweiser, dass es links und rechts hinunter zum Parkplatz geht, der rechte Weg ist kürzer, doch das schaue ich mir lieber auf der Karte an. Tatsächlich! Er führt über die Forststraße. Nein, wir gehen links. Der Weg ist ausgesprochen angenehm und ich hoffe, Schotterstrecken vermeiden zu können. Bald erreichen wir den Bloßstock, jene senkrechte Felswand am nördlichsten Punkt der Affensteine. Durch Erosion entstand darunter feinster Sand, der mich bei jedem Schritt einsinken lässt wie in den Dünen der Ostsee.

Wanderer kommen mit dicken Stiefeln entgegen. Denen entgeht etwas. Einer von ihnen spricht mich an. »Barfuß? Geht das?«

»Erstaunlich gut geht das. Hier fühlt sich der Boden an wie am Strand.«

Er sieht sich um. »Ja, da haben Sie sicher recht und Barfußlaufen ist ja gesund.«

Nun muss ich die Schotterstraße überqueren. Noch nie hatte ich beobachtet, dass auch Rex an solchen Stellen genauer schaut, doch er findet sofort den richtigen Weg für seine Pfoten.

Ich taste mich vorsichtig voran. Die wenigen Schritte sind unangenehm, aber letzten Endes kein Problem.

Unglaublich, wie sandig und angenehm der Waldboden auf dem anschließenden Weg ist. Die Nadeln der Bäume bilden einen weichen Teppich. Keine einzige schafft es, mich zu piken. Am liebsten würde ich noch eine Runde anhängen. Rex stromert durchs Unterholz. Wo ist er hin?

»Rex!«, rufe ich, da kommt er plötzlich mit einem alten Schuh in der Schnauze. Leider ist es nicht meiner.

Ob der auf ähnliche Art in die Landschaft geriet? Bereits halb verrottet nützt er mir allerdings nichts. »Na, du bist ja ein Held, Rex. Hast mir einen Ersatzschuh besorgt.« Zur Belohnung gebe ich ihm ein Leckerli.

Auf fast ebenem Weg geht es auf das Kirnitzschtal zu, dann immer steiler abwärts über unzählige Stufen aus Baumwurzeln. Probleme habe ich keine.

Auf den letzten hundert Metern kann ich die Forststraße nicht vermeiden. Vorsichtig meine Schritte setzend, bin ich kurz darauf am Wasser der Kirnitzsch und tauche meine Füße ins kühle Nass. Verletzt habe ich mich nicht, stattdessen bin ich um eine Erfahrung reicher. »Mensch, Rex, du machst vielleicht Sachen. Das war ein richtig tolles Erlebnis. Ohne dich hätte ich so was nie ausprobiert.«

Mein Ärger ist längst verraucht. Froh, wieder am Parkplatz zu sein, knuddle ich meinen treuen Begleiter erstmal, als Dank für das neue Laufgefühl, das er mir vermittelt hat. Nächstes Mal werde ich wieder ein Stück barfuß gehen, dann aber mit zwei Schuhen im Rucksack.

Andrea Bannert

Die Brücke

Es ist Freitag, mein Glückstag. Ich sitze hibbelig im Kofferraum des grauen Autos, das Petra über die kurvigen Straßen lenkt. Wir halten an einer eingezäunten Wiese am Stadtrand von München, weit ab vom rummeligen Zentrum mit seinen Touristenströmen. Groß wie ein Fußballfeld, ein sattgrünes Gegenüber zum weiß-blauen Bayernhimmel, umschlossen von Bäumen und Feldern. Nur Traktoren dröhnen ab und zu über den angrenzenden Acker und lassen die Stille zerbersten. Hier werde ich ihn wiedersehen. Bei dem Gedanken hüpft mein Herz – denn ich liebe Herausforderungen.

Geschmeidig wie Mischlingshunde meines Kalibers nun mal sind, springe ich aus dem Auto. Die Luft duftet nach frisch gemähtem Gras. Von der Wiese schallt ein »Los, ran!« und ein »Jawohl, Hopp!« herüber. Aber die bunten Hindernisse, die dort aufgestellt sind und über die meine Hundekollegen zusammen mit ihren Kindern hinwegfegen, interessieren mich nicht. Ich scanne die Umgebung ab auf der Suche nach Martin und entdecke ihn weit entfernt vom Trainingsplatz. Auf den ersten Blick sieht Martin aus wie ein gewöhnlicher neunjähriger Menschenjunge. Ein moppeliger Michel aus Lönneberga mit blondem Schopf und Sommersprossen auf der knödeligen Nase. Bei unserem ersten Treffen bemerkte ich sofort, etwas stimmte nicht mit ihm. Er verzog keine Miene, als er mir gegenüberstand. Normalerweise rutschen die Mundwinkel von Kindern nach oben, wenn sie mich kennenlernen. Dann vergraben sie ihre Patschehände in meinem schwarz-weißen Fell und quieken vergnügt. So zeigen die Menschen ihre Freude, fehlt ihnen doch der Schwanz. Zuerst glaubte ich, etwas ginge auch in Martin vor, als er mich mit seinen hervortretenden Glubschaugen fixierte. Doch sein Blick glitt durch meinen Körper hindurch. Enttäuschung durchströmte mich. Der Junge war nicht da. Und so etwas beleidigt einen ausgebildeten Therapiehund. Aber ich beschloss, ihm noch eine Chance zu geben.

»Shirka, warte!«, höre ich Petra rufen. Ich reagiere nicht darauf und trabe hinüber zu dem seltsamen Jungen, der auf einem Stein am Rand des Übungsplatzes hockt. Kurz bevor ich ihn erreiche, bleibe ich stehen. Er hält den Blick auf den Boden gesenkt, doch eine kleine Bewegung seines Kopfes verrät mir, er hat mich bemerkt. Seine Hände zucken. Ich komme langsam näher. Stoppe. Noch immer reagiert er nicht direkt, trotzdem spüre ich: Diesmal ignoriert er meine Anwesenheit nicht. Martin beobachtet mich, auch wenn er das zu verbergen versucht. Aber warum bloß? Soll ich ihn mal anbellen? Nein, vermutlich würde er sich erschrecken. Also taste ich mich Zentimeter für Zentimeter voran, bis meine Fellschnauze seine Hände berührt. Ich stupse ihn an. War da etwa der Anflug eines Lächelns auf seinen Lippen?

»Möchtest du Shirka mal durch den Parcours führen?« Petra war unbemerkt zu uns getreten. Seltsam, normalerweise registriere ich sofort, wenn jemand von hinten an mich heranschleicht. Martin macht mich nervös, obwohl ich nicht genau erklären kann, woran das liegt. Ich beobachte sein Gesicht. Es scheint eingefroren. Nur seine großen Augen treten noch weiter hervor als üblich. Warum sagt er denn nichts? Ich gebe ein fiependes Geräusch von mir, wedle mit dem Schwanz und tapse einige Schritte zurück und wieder vor.

»Komm Shirka, Martin möchte heute nicht mit dir üben. Vielleicht ein andermal.« Meine Menschin wendet sich zum Gehen, als der kleine Kerl unvermittelt von dem Stein aufspringt. Seine Lippen sind leicht geöffnet, doch noch immer verlässt sie kein Wort. Zum Glück versteht auch Petra diese Geste nun als »ja«. Sie kramt in ihrer Bauchtasche. Der Geruch von saftigen Wienern und Emmentaler strömt mir entgegen.

»Steck das ein«, sagt sie und übergibt ihm eine Handvoll Leckereien. »Und das hier nimmst du in die Faust.« Sie reicht ihm ein einzelnes Stückchen Wiener und schließt Martins Finger darum. »Shirka, du gehst mit Martin.« Als ob man mir das sagen müsste. Ich weiß doch, was hier läuft. Schließlich bin ich der eigentliche Therapeut.

Martins Hand zittert, als er mit der kleinen Faust, in der er das Wienerchen versteckt, vor meiner Schnauze herumwedelt. Er scheint aufgeregt vor unserem ersten gemeinsamen Lauf durch den Parcours. Na los, beeilen wir uns! Den anderen Teams werden wir es zeigen.

Martin marschiert zögerlich mit mir zum Start. Das ändert sich auch nicht, als ich ein motiviertes Bellen von mir gebe. Den Parcours kennt er, schließlich hat er lange genug zugesehen. Trotzdem schaut er nun drein, als wüsste er nicht, wo es langgeht. Ich setze mich geduldig hin und sehe ihn erwartungsvoll an. Er hält die Futterhand so nah an mein Gesicht, bis er mich berührt.

Ja, ja, ich komme schon mit, will ich ihn ermutigen. Ich rieche die Wurst! So was wittere ich zwei Kilometer gegen den Wind. Sich schräg zu mir nach unten beugend trottet der Junge los, damit er weiter die Hand, wie dem Esel die Karotte, vor meine Nase halten kann. So werden wir den Parcours im Schneckentempo durchlaufen.

Ich trabe ganz nahe bei Martin, meine Schulter berührt seine Hüfte, und ich sehe ihm tief in die Augen. Endlich versteht er und konzentriert sich. Martin rennt los. Wie ein Skifahrer kurven wir im Team um die feuerwehrroten Slalomtore. Es folgt der gemeinsame Ritt über die dottergelben Hürden. Dann passieren wir zusammen das Zieltor. Ein guter Lauf, aber eine Sache kam mir höchst seltsam vor. Etwas war anders als bei jedem anderen Kind, mit dem ich in meiner Karriere als Therapiehund Hindernisse absolvierte. Während Martin verhalten meinen Kopf tätschelt, fällt es mir ein: kein »Komm«, kein »Ran. Los, ran!« oder »Hopp«. Nicht ein einziger Befehl war während der gesamten Übung gefallen. Martin spricht nicht.

Sechs Monate später

Ein Freitag. Immer noch mein Lieblingstag. Ich sitze wieder hinten im Auto und stecke meine Nase in den Luftstrom, der durch das einen Spalt breit geöffnete Fenster hereinfließt. Die Luft riecht nach Herbst, modrig mit der Würze von Pilzen und einem Hauch von Nebel. Wenn der erste Schnee fällt, bekomme ich meine wohlverdiente Winterpause. Jeder gute Therapiehund muss irgendwann seine Batterien aufladen. Der Gedanke jagt mir einen Freudenschauer über den Rücken und versetzt mir gleichzeitig einen Stich. Ich werde Martin vermissen. Meine Menschin Petra redet viel mit ihm. Und der Junge antwortet niemals. Jedenfalls nicht mit Worten. Dabei ist er keineswegs stumm. Er spricht mit seinen Augen, mit seiner Körperhaltung, mit kleinen Gesten. Ich verstehe, wenn er traurig ist oder sich freut, weil wir den Hindernisparcours am schnellsten bewerkstelligt haben.

Als ich aussteige, stürmen drei Mädchen auf mich zu und beginnen mich zu knuddeln – dabei bin ich gar nicht ihr Therapiehund. Ich suche nach Martin. Wie immer steht er abseits, nahe dem Vereinsheim der Hundesportler.

»Wollt ihr beiden vielleicht eine Runde spazieren gehen?«, fragt Petra, an meinen Patienten gewandt. »Dann werden eure Muskeln schon mal ein bisschen warm. Den Parcours könnt ihr nachher laufen«, erklärt sie unnötigerweise – Martin hat längst zugestimmt, wenn auch ohne ein Nicken und ohne etwas zu sagen. Seine Augen leuchten. Er schnappt sich die Leine, die Petra ihm hinhält, und wir ziehen zu zweit los.

Eine hauchdünne Eisschicht spannt sich über die Pfützen, die den kleinen Feldweg durchlöchern wie Schweizer Käse. Ich laufe im Slalom drumherum und schleife Martin hinterher, mit dem ich über meine schwarze Drei-Meter-Leine verbunden bin. In immer gleichem Tempo schlendern wir am Waldrand entlang. Ab und zu höre ich einen Vogel schreien oder ein gläsernes Klirren, weil mein tollpatschiger Freund in eines der zugefrorenen Wasserlöcher getapst ist. Im Hintergrund liegt das monotone Rauschen der Autos, das von der fernen Bundesstraße herüberweht.

Es fühlt sich wichtig an, heute zusammen diesen Weg zu beschreiten, den Petra uns zuvor noch nie alleine gehen ließ. Martin wirkt nachdenklich. Vielleicht konzentriert er sich darauf, die Abzweigung zurück zum Trainingsgelände zu finden. Dabei kann er sich ganz auf mich verlassen. Die Strecke würde ich sogar im Schlaf bewältigen.

»Mama ist tot.« Es dauert einige Augenblicke, bis ich begreife, diese Worte habe ich nicht gedacht. Woher sollte ich das wissen? Gibt der Satz doch Antwort auf die Frage, die ich mir seit einem halben Jahr stelle. Ich stoppe meine Schritte und blicke zu Martin zurück. Er starrt auf den Boden, läuft unbeirrt voran und erzählt weiter. Ich warte, bis er neben mir geht; klebe nah an seinem linken Bein. Als ich nach oben schaue, streicht mein Kopf seine Finger. »Sie war schlimm krank, sagt mein Papa. Deshalb hat sie so viel geweint und wollte meistens alleine sein.« Martin vergräbt seine linke Hand in meinem Fell. Ich höre aufmerksam zu. »Das Wasser in der Badewanne war ganz rot.« Der Junge drosselt unser Tempo. Was hat deine Mama mit einer Badewanne zu tun?, möchte ich fragen. Martin zögert. »Rot von ihrem Blut. Sie hat sich mit einer Rasierklinge geschnitten. Mama, Mama! Ich habe sie angeschrien. Die ganze Zeit. Mama!« Martins Herzschlag beschleunigt sich und mein Puls schießt ebenso in die Höhe. »Aber sie hat nicht geantwortet. Sie war schon tot.« Dich trifft keine Schuld, Martin, würde ich gerne antworten. Stattdessen laufe ich vor seine Füße, sodass er stehen bleiben muss. Ich stupse ihn an, bis er sich wieder nach unten beugt und seine Arme um meinen Hals schlingt. Ein guter Therapiehund spricht ohne Worte.

In perfektem »Bei Fuß« laufen wir über den Parkplatz und auf das Hundesportgelände, bis zu Petra, die am Rand der Wiese steht. »Ihr wart aber lange unterwegs. Habt ihr noch Kraft für den Parcours?«, fragt sie. »Ja«, antwortet Martin. Wie viel Begeisterung ein einziges, kleines Wort hervorrufen kann – zumindest, wenn es aus Martins Mund kommt. Zuerst zieht Petra seltsame Grimassen vor Erstaunen, dann strahlen ihre Augen und die Mundwinkel schwingen zu einem breiten Grinsen nach oben. Während Martin und ich auf Petras Geheiß zu den Hürden, Reifen und Tunneln hinüberrennen, geraten die großen Menschen auf dem Platz vollkommen aus dem Häuschen. Martin und ich ignorieren das Gerede, obwohl wir wissen, sie sprechen über uns, und sausen durch den Parcours. Befehle brauchen wir dazu weiterhin keine. Aber es läuft diesmal ein freudiges Prickeln von meiner Schnauze bis in die Pfoten.

Inspiration für die Geschichte ist das Projekt »Hunde bauen Brücken« der Heilpädagogischen Tagesstätte der Inselhauskinder- und Jugendhilfe im oberbayerischen Wolfratshausen. Mehr Informationen: hsf-koenigsdorf.de/hunde-bauen-bruecken-hbb

Sonja Stengel

Familie Kuchenzahn feiert Geburtstag

Nur noch eine halbe Stunde. Dann kommen die ersten Gäste. Ich stelle die bunte Holzeisenbahn mit den aufgesetzten Kerzen auf die gedeckte Kaffeetafel und will gerade zwei Kerzen anzünden, da klingelt es am Gartentor. Reflexartig drehe ich mich um. Mein Blick streift vorbei am wunderschönen Rhododendrongrün und dem Pampasgras. Es ist Papa. Wie immer viel zu früh. Verdammt, ich bin noch gar nicht fertig. Hinter ihm höre ich die Stimme meines Bruders und meiner Schwägerin. Warum macht man eigentlich eine Zeit aus, wenn dann doch jeder kommt, wann er will?

Durchatmen, Sonja, ganz tief durchatmen.

»Luise, der Opa ist da.« Ich mache mich auf den Weg zum Gartentor und höre kleine Trippelschritte hinter mir, da stoße ich fast mit meinem Vater zusammen. »Hallo, Soni. Wir sind schon mal reingekommen. War ja nicht abgeschlossen.« Wie schön, dass ihr schon da seid, möchte ich sagen. Aber man soll ja ehrlich sein, hat mir meine Mutter beigebracht. Also sage ich lieber nichts.

Papa schaut sich um und geht zum Tisch. »Der Rasen hätte auch mal gemäht werden können. Und nur so wenige Luftballons?« Er lässt sich entspannt auf den Stuhl an der Frontseite des Tisches fallen.

»Kannst du die Hunde wegtun? Du weißt doch, Gilles hat Angst.« Es ist die Stimme meiner Schwägerin. Sie wartet in gebührlicher Entfernung.

Die Hunde wegsperren? Hallo, geht's noch?

»Das sind Hunde aus dem Tierschutz. Alte, kranke Hunde. Die können kaum laufen und Zähne haben die auch keine. Jedenfalls keine spitzen. Die tun doch nichts«, höre ich meinen Bruder sagen.

Wie recht er hat. Ich drehe mich um und sehe meine schneeweiße Bulldoggendame Perla auf ihrem Liegestuhl in der Sonne thronen. Gechillt wie immer beobachtet sie ohne Bewegung das Geschehen. Wie sehr ich sie liebe, obwohl sie mir oft solchen Kummer macht. Perla ist eine ehemalige Vermehrerhündin. Wir sind mehr beim Tierarzt als daheim. Aber mich stört das nicht. Ich würde alles für sie tun. Und sie für mich.

Doch Gilles versteckt sich immer noch hinter seiner Mutter und klammert sich fest. Fass!, möchte ich aus Spaß sagen und auch die Oldies Spike und Elvis auf meine Verwandtschaft aufmerksam machen. Doch ich will die Feier nicht gleich zu Beginn eskalieren lassen. »Die tut nichts, Gilles.« Ich gehe zu meiner weißen Schneekugel und streichele sanft über ihren Kopf, will Gilles zeigen, dass er nichts zu befürchten hat, da sehe ich im Augenwinkel einen braunen Schatten an mir vorbeischießen. Elvis. Der hat doch gerade noch mit Luise auf dem Rasen gespielt? Jetzt hat er die Neuankömmlinge entdeckt und rennt auf Gilles zu. Er spürt sofort, wenn jemand Angst hat. Ich ahne Schlimmes. Gilles reißt die Arme hoch.

Doch der Jüngste unserer Rentnerbande stürmt an dem schreienden Kind vorbei zur Gartenpforte. Andauerndes Bellen verrät, wer jetzt kommt: meine Schwiegereltern.

»Hallo Soniiii!« Küsschen rechts, Küsschen links.

Elvis ist wieder abgedreht und steht jetzt zwischen mir und der Kaffeetafel. Er hat alles im Blick, schaut, ob irgendeiner etwas Leckeres für ihn mitgebracht hat oder vielleicht schon etwas Essbares auf dem Tisch steht. Nichts! Okay, dann wird gebellt. Ununterbrochen. Während meine Schwiegereltern Luise betütteln und mit Geschenken überhäufen.

»Elvis, aus! Jetzt sei doch mal still. Da wird man ja taub.« Papa versucht das dicke bellende Fellmonster zu beruhigen. Ohne Erfolg.

In der Zwischenzeit hat sich Gilles auf einen Hochlehner am Kaffeetisch gerettet. Doch leider hat er da einen winzigkleinen Fehler gemacht. Denn dieser Stuhl gehört Spike. Spike, der als Senior im

Tierheim abgegeben wurde, bei uns seinen Lebensabend genießt, ist der Chef des Rudels, der Alpharüde. *Trotz seines hohen Alters duldet er keine Respektlosigkeit. Und seinen Platz am Tisch zu besetzen, das geht ja mal gar nicht.* Er stellt die Vorderpfoten auf die Sitzfläche.

Reflexartig zieht Gilles die Beine an, umklammert sie mit seinen Armen. »Hilfe! Hilfe!« Seine piepsig hohe Stimme animiert Spike nur noch vehementer nachzusetzen. Der Hundeopi wippt wiederholt mit seinem großen Bulldoggenkopf vor und zurück, vor und zurück, vor und zurück – und ich weiß, was jetzt kommt.

Schnell packe ich Gilles unter den Armen. »Komm. Spring!« Angst verleiht Flügel und Gilles segelt regelrecht in meine Arme. Gerade noch rechtzeitig, bevor Spike sich mit seinem Prachtkörper nach oben auf den Stuhl gewippt hat. Zufrieden gibt er ein Brummen von sich und schaut nun auch, was es heute alles so Leckeres zum Kaffee geben wird. Was liebe ich dieses störrische Fellbündel!

»Der Hund gehört aber nicht an den Tisch!« Meine Schwägerin nimmt Gilles auf den Schoß und streicht rhythmisch über seinen Kopf. *So wird er nie den Umgang mit Hunden lernen,* denke ich.

»Er ist doch nicht am Tisch, nur auf seinem Stuhl. Mensch, Gilles wird acht! Und Perla, Elvis und Spike sind Rentner. Die haben schon gefrühstückt. Die tun keiner Seele was.«

»Hat man ja gerade gesehen.«

Du kannst auch gehen, wenn es dir nicht passt, möchte ich sagen. Ich bin schon total genervt, bevor die Geburtstagsfeier überhaupt begonnen hat, und trete die Flucht an. Ab in die Küche. Mein Blick fällt auf das Schild an unserer Eingangstür: *Hier wohnt Familie Kuchenzahn.* Wärme breitet sich in meinem Bauch aus und vertreibt den Groll. Kuchenzahn – diesen Namen haben die Bullis bekommen, weil nur ein einzelner abgewetzter Zahn vorn über ihre Lefzen schaut. Knochen zerkleinern sie keine mehr. Aber für Kuchen reicht es noch. Ich muss schmunzeln. In der Küche ist es ruhig. Nichts zu spüren von Luises anstehender Geburtstagsfeier zum Zweijährigen. So eine Gartenparty hat doch etwas. Dann hat man die Gäste wenigstens nicht im Haus. Mir entrinnt ein tiefer Atemzug, bevor ich die Kaffeemaschine anschalte. Plötzlich brubbelt es hinter mir. Das kann noch nicht der durchlaufende Kaffee sein. Nein, es ist Elvis. Die Küche ist sein Lieblingsort und endlich bellt er auch nicht mehr. »Ich mag auch keinen Besuch, Dicker«, seufze ich und kraule seine speckigen Falten. Elvis wirft sich in meine streichelnden Hände und genießt jede Minute. Und ich jede Minute mit ihm.

»Ist der Kaffee fertig? Kann ich was helfen?«, fragt Schwiegermutter.

Elvis beginnt sofort mit seiner Kampfansage. Er bellt, als wolle er sagen, haut doch endlich alle ab, ich will mein Frauchen für mich allein. Ihr nervt. Doch keiner versteht seine Sprache. Außer mir, und Spike und Perla, die immer noch draußen im Garten auf ihren Sitzgelegenheiten thronen.

Ich drücke Schwiegermutter die Tortenplatte in die Hand und gehe mit dem Erdbeerkuchen hinterher. Essen beruhigt. Und Kaffee auch. Alles wird gut.

Auch meine Mama ist angekommen und damit ist die Geburtstagsgesellschaft komplett. Als alle am Tisch sitzen, wird Luise ein Ständchen gebracht. Doch die fühlt sich im Kinderhochstuhl sichtlich gefangen. Wir sind halt eine freiheitsliebende Familie. Ich drücke ihr einen dicken Schmatzer auf die Stirn. »Haben will!« Sie streckt die Hände nach dem Geburtstagszug aus. Verdammt, die Kerzen sind noch aus. Gerade als ich das Streichholz anzünde, beschnuppert Elvis Gilles Füße und ... Nein, Elvis. Nicht bellen. Zu spät! Ein alles durchdringendes Kläffen lässt Gilles zusammenzucken und die Knie nach oben reißen. Seine Hände an die Tischdecke geklammert, will er sich von dem vermeintlich drohenden Hundemonster wegziehen und reißt die halbe Kaffeetafel vom Tisch. Dabei fällt eine Banane herunter und Perla verlässt ihren

Lieblingsplatz in der Sonne. Bananen sind das Einzige, was die Königin zum Aufstehen motiviert. Ich sehe ihren bezaubernden Wackelarsch über die Terrasse ziehen. Sie schnappt sich die Banane und ist weg. Und Elvis? Der drückt seine Schnute in die herabgestürzte Torte. Den Erdbeerkuchen hat Papa zum Glück gerettet.

»Elvis, nein, nicht die Torte!« Mein Mann zieht ihn am Halsband zurück, doch Elvis' breite Schnute steckt schon mittendrin.

»Nein. Nicht!«

Elvis bleibt unbeeindruckt, schaut nur kurz auf, schmatzt und schüttelt sich. Die Hälfte der Sahne klebt jetzt an den Klamotten der Gäste. Ich muss mich zusammenreißen, um nicht zu lachen. Herrlich. Ein Bild für die Götter.

»Elvis, du Schlawiner. So geht das aber nicht.« Betont entsetzt schüttele ich mit dem Kopf. Dann hole ich pflichtbewusst die Küchenrolle und will ihm gerade die Schnauze abwischen, dabei ernte ich fassungslose Blicke. »Gib schon her!« Schwiegermutter trocknet Gilles Tränen, den Tisch und reinigt, so gut es geht, die verklebten Klamotten. »Du und die Hunde!« Sie schüttelt zur Bekräftigung ihrer Worte den Kopf.

Ja, ich und die Hunde, denke ich, während wir gemeinsam die Kaffeetafel wieder eindecken, den ersten Schluck Kaffee trinken und langsam im Hier und Jetzt ankommen. Ich liebe meine Hunde – und meine Familie. Und meine Hunde sind Familie. »Kommt doch das nächste Mal bitte pünktlich um 15 Uhr. Dann wird es für alle entspannter.« Mein Mann zwinkert mir zu, während Perlchen in der Sonne schlummert und Spike auf seinem Stuhl die Lage im Blick behält. Lange wird das nicht mehr klappen, schmunzele ich. Denn ihm fallen die Augen zu und sein Dickkopf sackt immer wieder nach unten. So viel Anstrengung und Trubel ist nichts für einen Hundeopi. Und Elvis, der …

»Wo ist Elvis?«, frage ich aufgeregt? Kein Bellen verheißt nichts Gutes. Wenn es zu ruhig wird in unserem Garten, liegt Gefahr in der Luft. Das ist wie bei kleinen Kindern.

Ich finde ihn in der Küche, mit einem Teil des Fischs, den es heute zum Abendessen geben soll, im Maul.

»Lass es dir schmecken, Dicki.«

Egal, wie viel Stress, Nerven und Geld meine geliebten Hunde kosten: Ein Blick von ihnen, ein Schnarchen oder ein liebevoller Umrempler genügen und ich vergrabe mein Gesicht in ihrem Fell, atme tief ein und bin der glücklichste und dankbarste Mensch auf der Welt.

Nicole Pfeiffer

You are my Sunshine

»Ich war noch niemals in New York! Ich war noch niemals auf Hawaii!« Singen gehörte noch nie zu meinen Stärken. Deshalb bevorzuge ich es auch heute, meiner Euphorie bescheiden Ausdruck zu verleihen: leise summend! Schließlich bin ich keine 16 mehr, sondern 56 und das erste Mal in Big Apple. Überhaupt das erste Mal in Amerika. Und auch nur, weil ich diese Reise gewonnen habe. Gewonnen! Könnt ihr euch das vorstellen? Ich! Gewonnen! Ich habe noch nie etwas gewonnen! Mal abgesehen vom Rummel-Plüschhund vor gefühlten hundert Jahren. Da zeigte der Besitzer der Losbude Erbarmen, nachdem ich mein ganzes Taschengeld in Nieten investiert hatte und weinend auf der Holztreppe saß. So richtig gewonnen war das also auch nicht.

Jetzt stehe ich hier. Am Times Square. Sabine Rose, Verwaltungsangestellte am Finanzamt Dresden. Single, immer noch, wahrscheinlich auch bis zum Lebensende. Nie weiter rausgekommen als bis zur Karlsbrücke und zum Goldstrand.

»I want one moment in time,

When I'm more than I thought I could be,

When all of my dreams are a heartbeat away …«

Träume. Wenn nur dieser abartige Lärm nicht wäre, der alles zunichtemacht.

Mit dem Kopf im Nacken verweile ich nun schon seit Minuten an einer Stelle, gelehnt an eine Laterne, um nicht vom Sog der Menschenmassen mitgerissen zu werden. Haben die alle kein Zuhause? Genießen, Sabine, den Moment genießen! Hier kommst du so schnell nicht wieder her.

Ich zücke die Kamera. Nicht so eine teure Spiegelreflex. Nicht, dass ich mir die nicht leisten könnte. Aber bedienen könnte ich sie nicht. Und so viel Geld auszugeben, nur wegen ein paar Fotos.

Nee! Früher ging's auch ohne. Immerhin digital, lobe ich mich und vermisse im gleichen Atemzug eines dieser teuren Smartphones, wie sie heute jeder hat. Das wäre noch praktischer gerade. Aber die Kamera tut's auch.

Flugs mache ich ein paar Schnappschüsse für die Cousine und die Kollegen. Das glaubt mir ja kein Mensch. Ich – am Times Square! Womit fange ich an? Geschäfte, Souvenirshops, Restaurants und unendliche Fassaden, an denen kaum ein Quadratzentimeter nicht mit Leuchtreklamen gepflastert ist. Calvin Klein, Coca-Cola, Samsung. Ein einziges riesengroßes Kunstwerk. Und ich mittendrin: klein, erschlagen, überfordert.

Wie in Trance laufe ich weiter. Hard Rock Café, Madame Tussaud's, Walt Disney. War das gerade – ein nackter Cowboy? Reflexartig drehe ich mich um. Mir wird schwindelig.

Er fängt mich auf. »Oh, my dear! I'm Robert. Who are you?« Außer Unterhosen, Cowboystiefeln und Hut hat er nichts an. Er wartet, bis ich mich gefangen habe, kniet sich nieder und schmettert mit seiner Gitarre einen mir unbekannten Song: »Thank God for Donald J. Trump, my friends, he's making America great again, sounds like good idea to me.«

Ich verstehe kein Wort und bin zwei Dollar los für ein Foto, das ich gar nicht wollte. Die spinnen, die Amis!

Die Stadt, die niemals schläft, überwältigt mich. Alles blinkt, blitzt, leuchtet. Hier kann es niemals dunkel werden. Sehen und gesehen werden, sich unerkannt und schamlos amüsieren. Verlockend? Nein, mich kennt ja eh keine Sau. Ein bisschen grämt mich das doch. Aber es bleibt keine Zeit zum Nachdenken.

Schnell noch ein Foto vom Trump Tower. Man weiß nie, wofür man es mal braucht. Und wieder werde ich von den Menschenmassen mitgerissen. Irgendwann weiß ich nicht mehr so genau, wo ich mich gerade befinde. Ich bin müde und will nur noch ins Hotel. Doch da, diese riesige weiße Stretchlimousine! Wer da wohl aussteigt? Wie zufällig stehe ich direkt in der Nähe der hinteren

Autotür, als der Chauffeur sie öffnet. Kostümierte Erwachsene und – ich glaube, ich sehe nicht richtig – ein Hund! Im nächsten Auto Soldaten, Feuerwehrmänner oder was auch immer für Uniformen sie tragen. Was ist denn das für eine illustre Runde, die von den Menschen rechts und links des abgesperrten Eingangs frenetisch bejubelt wird? Meine fragenden Augen müssen aufgefallen sein, denn ein Mann packt mich am Arm und zieht mich mit hinein in ein luxuriöses Hotel mit einer beeindruckenden Lobby. Ein riesiger pinkfarbener Sweet-Sixteen-Aufsteller weist uns den Weg in einen prunkvoll geschmückten Festsaal. Ich falle vom Glauben ab.

»In every life we have some trouble,

But when you worry you make it double,

Don't worry, be happy!«

Die Probleme möchte ich haben! Überall liegen sich Leute in den Armen, lachen, weinen – die Übergänge sind fließend. Eine Kostümparty zum 16. Geburtstag mit mehreren hundert Leuten? Das ist doch total übertrieben!

In der Ferne erkenne ich einen riesigen Geschenketisch. Alles ist noch verpackt. Rosafarbene Pakete mit pompösen Schleifen. Und da, links neben mir, eine Candybar, größer als meine gesamte Wohnung. So etwas wäre in Deutschland undenkbar. Kein Wunder, dass die Amis alle so fett sind! Wo bin ich hier nur hingeraten?

»You are my sunshine,

My only sunshine,

You make me happy,

When skies are grey …«, dröhnt es pathetisch aus den Lautsprechern. Grau. Graue Leinenhose, graue Bluse. Ob ich in der Kostümierung als graue Maus durchgehe? Bestimmt! Vielleicht denken die auch, ich bin die Putze oder eine Bedienung. Frau Rose, einen Martini bitte an Tisch 18! Ich will nicht weiter auffallen. Eigentlich will ich nur raus, finde aber den Ausgang nicht.

Wer ist eigentlich das Geburtstagskind? Alle jungen Mädchen sind herausgeputzt wie kleine Diven. Unmöglich, da die eine auszumachen. Es könnte jede von ihnen sein. Wie will man so einen Geburtstag dann im nächsten Jahr noch toppen? Höher, schneller, weiter! Wo soll das alles noch hinführen? Die Jugend ist versaut. In Deutschland, und hier noch schlimmer. Schlimmer geht immer!

Auf dem Geschenketisch steht ein Foto. Nur mal kurz gucken, Sabine! Ich bin nicht neugierig, nur interessiert. Vorsichtig schlängele ich mich durch die Massen und traue meinen Augen nicht. Es ist ein Hund! Ist der jetzt das Geburtstagskind? Oder bekommt das Mädchen einen Hund? Tiere verschenkt man nicht! Der Gedanke treibt meinen Blutdruck und Puls in ungeahnte Höhen. Irgendwo ist auch mal Schluss mit Toleranz. Gehen oder meinem Ärger Luft machen? Ich bin hin- und hergerissen.

Da sehe ich ein Banner über der Bühne: Presented by … Ich kann es nicht aussprechen. Irgend so ein Hundespielzeughersteller. Hier feiert tatsächlich ein Retriever seinen 16. Geburtstag. Gesponsert! Und draußen verhungern die Obdachlosen auf der Straße. Jetzt reicht es mir endgültig! Terror und Krieg bestimmen die Welt, Kinder verhungern, und hier wird ein Hund gefeiert. Ich bin bestimmt tierlieb. Beileibe! Aber mir platzt gleich der Kragen! Am liebsten würde ich mit einer schwungvollen Bewegung den Gabentisch abräumen. Denk an deine gute Erziehung, Sabine!

Ein Kellner mit einem Tablett Champagner geht an mir vorbei und ich schnappe mir ein Glas. Das macht den Kohl jetzt auch nicht mehr fett.

»Gong!« Die trubelige Unruhe der letzten Minuten ist wie weggeblasen. Man könnte eine Stecknadel fallen hören.

Eine Frau betritt mit dem Retriever die Bühne. Ach ja, bekommt er jetzt auch noch eine eigene Lobrede? Meine Herzfrequenz ist höher als der Mount Everest.

»Liebe Bretagne, wir sind heute hier zusammengekommen, um dir Danke zu sagen. Du bist nicht nur eine ganz bezaubernde Hundedame, sondern auch ein Geschenk des Himmels.«

Mein Englisch ist ziemlich schlecht, aber »danke«, »bezaubernd« und »Geschenk des Himmels« verstehe sogar ich. Was für ein Geschwafel! Hohle Phrasen, leere Worte! Es reicht, ich muss raus hier! Diese Spinner!

Nur im Augenwinkel sehe ich den Film, der plötzlich auf der Leinwand hinter der Bühne läuft. Die einstürzenden Twin Towers, Sirenen, überall Rauch, Feuerwehrleute, die mit Rettungshunden verzweifelt in den Trümmern nach Überlebenden suchen. Mein Blick fixiert diese grauenhaften Bilder, die sich auch mir damals vor 14 Jahren ins Gedächtnis gebrannt haben. Meine Hände zittern wie Espenlaub. 9/11 – ein Rettungshund inmitten der Tragödie. Es folgen Videomitschnitte von Trümmern und Geröll, die die Hurrikans Katrina und Rita hinterließen. Und wieder mittendrin, die Frau von der Bühne mit ihrem Golden Retriever Bretagne.

Mir wird schlecht. Meine Beine geben nach. Ich kann mich gerade noch an einem Stehtisch festklammern. Der letzte noch lebende Suchhund vom Ground Zero, eine Nationalheldin, wird gefeiert! Sie diente ihrem Land. Bretagne ist nicht irgendein Hund, das hier ist keine Kostümparty.

»Wo sind all die Helden?‹, fragst du dich,
Warum kommt dein Supermann einfach nicht,
Wo sind denn all die Helden und dein Herkules?
Jemand, der für dich da ist, so wie ich …«
Ein Hund ist es, der da ist, wenn die Not am größten ist, unvoreingenommen keine Unterschiede macht und nie verurteilt!
Ein Hund öffnet die Herzen. Auch meines. Vielleicht ist das ein Zeichen? Ein Zeichen, sich mehr zu trauen und sich seinem eigenen Leben heldenhaft zu stellen.

Cleo Belien

Oolong

»Wumms!« Lautes Türknallen lässt ihn herumfahren und mit geöffnetem Mund im Hausflur vor seiner Wohnungstür verharren.

»Sorry, zu viel Schwung. Schönen Tag noch!« Ein Winken, rotes Lippenlächeln, und schon läuft seine Nachbarin, Frau Weingarten, die Treppenstufen hinab. Herr Dehmlow steht wie angewurzelt vor seiner Tür und blickt dem roten Haar hinterher, das auf ihrem gelbgrünen Mantel leuchtet.

»Guten Morgen«, murmelt er, als der Rotschopf längst auf dem nächsten Treppenabsatz verschwunden ist. Bunt, schießt es ihm durch den Kopf. Sie ist bunt. Er sieht an sich herab und betrachtet seinen tadellosen grauen Anzug, den er tagein, tagaus trägt wie eine Uniform.

Plötzliches Hundegebell hinter der Nachbarstür, das in ein lang gezogenes Jaulen übergeht, schreckt ihn aus seinen Betrachtungen auf. Kelvin allein zu Haus dreht mal wieder durch, denkt er und seufzt. Hinter Frau Weingartens Tür hört er, wie sich die Krallen des Hundes entfernen. Dieser plattnasige Kläffer tut ihm irgendwie leid, obwohl er als direkter Nachbar sein ewiges Gebell nervig findet. Das Leben ist kompliziert, nicht nur für die Menschen. Eine Weile hängt er diesem Gedanken hinterher. Wie zur Bestätigung schreckt ihn ein erneuter Jauler aus seinen Betrachtungen. Offensichtlich ist Kelvin auf seinen Posten vor der Tür zurückgekehrt. Ein schneller Blick auf seine Uhr lässt Herrn Dehmlow nach Luft schnappen. Dreieinhalb Minuten nach halb sieben! Er fasst sich an den Hals und zückt sein Asthmaspray. Zwei Sprühstöße genügen, er atmet tief ein und lehnt sich gegen die Treppenhauswand. Die kleinen Spitzen der Wandpickel drücken in seinen Rücken. Sie ist doch sonst nie so früh unterwegs? Er war natürlich genau in der Zeit gewesen. Wie an jedem anderen Morgen auch. In Gedanken sieht er sich selbst, wie er sorgfältig seine schwarzumrandete Brille mit den dicken Gläsern putzt und sie sich in lupenreinem Zustand wieder aufs Gesicht setzt.

Im Anschluss war es genau sechs Uhr vierundzwanzig. Wie immer nach diesem Prozedere. Er hatte seinen Toast mit Orangenmarmelade gegessen und dazu eine Tasse Tee getrunken, einen Beutel English Breakfast Tea. Nur zum Wachwerden, nicht zum Genießen. Jeden Morgen freute er sich bei diesem Tee bereits auf seinen guten Oolong später im Lehrerzimmer. Pünktlich um sechs Uhr dreißig hatte er dann die Wohnungstür von außen abgeschlossen. Und jetzt? Schweiß rinnt ihm die Stirn hinab. Dabei hatte der Tag so gut begonnen.

Sechs Uhr vierunddreißig. Mit wackeligen Beinen eilt er die Treppen hinab, aus dem Haus hinaus und weicht dabei einem Haufen aus, der mitten auf dem Gehweg liegt, rennt im Regen zur Bushaltestelle und erwischt gerade noch den eintreffenden Bus. Erleichtert tupft er sich die Stirn mit seinem Stofftaschentuch ab und beglückwünscht sich zu seiner Planung, immer acht Minuten, bevor der Bus eintrifft, an der Haltestelle zu stehen.

Noch etwas durcheinander lehnt er sich zurück und schließt kurz die Augen. Seine Gedanken schweifen zu der Unregelmäßigkeit an diesem Morgen. Das Hundegebell fällt ihm wieder ein und er schüttelt den Kopf. »Das ist doch keine Tierliebe.« Hat er das gerade laut gesagt? Verstohlen sieht er sich um. Die Frau an der Haltestange wirft ihm einen misstrauischen Blick zu, bevor sie aussteigt. Beschämt sieht Herr Dehmlow aus dem Fenster, aber der bellende Nachbarshund geistert weiter durch seine Gedanken. Wie kann man sich einen Hund halten, wenn man zur Arbeit gehen muss?

Seit seinem Amtseintritt vor 24 Jahren erscheint Herr Dehmlow jeden Morgen als Erster in der Schule. Nie hat er auch nur einen Tag gefehlt.

  Sobald der Hauswart das Schultor um sieben Uhr öffnet, geht Herr Dehmlow grüßend an diesem vorbei und betritt in seinem grauen Anzug, mit seinem Regenschirm unter den Arm geklemmt, das Lehrerzimmer. Wie jeden Morgen stellt er den Schirm im Ständer ab, geht an seinen Platz, den er mit einem Desinfektionstuch reinigt. Er öffnet seine Aktentasche, deren Nähte mittlerweile löchrig sind. Daraus holt er Hefte und Unterlagen hervor, die er in drei ordentlichen Stapeln auf seinem Tisch aufreiht. In meditativer Ruhe schichtet er die Stapel solange übereinander, bis alles akkurat liegt und keine noch so kleine Ecke eines Papiers hervorguckt. Anschließend setzt er Wasser für seine Kanne Oolong-Tee auf. Behutsam füllt er den losen Tee in einen Papierfilter und genießt, wie jeden Morgen, den Duft, der sich von den gerollten Blattspitzen in seine bereitwillig geöffneten Nasenlöcher ausbreitet. Er ist kein Luxusmensch, seine Anzüge sind 15 Jahre alt, aber den Oolong, den gönnt er sich. Während das Wasser im Wasserkocher warm wird, buttert er zwei Toasts und wäscht sich anschließend die Hände, die er an einem mitgebrachten Frotteehandtuch mit Siebzigerjahre-Muster abtrocknet. The same procedure as every day, denkt er lächelnd und nicht, ohne diesen Gedanken zu genießen. Nachdem er den Tee aufgebrüht und mit geschlossenen Augen dem Duft hinterhergeträumt hat, isst er in aller Ruhe seine Toasts und trinkt vier Teeschalen leer. Wie jeden Morgen stellt er sich dabei vor, dass er in Fujiang auf einem Hügel in einem Teepavillon sitzt und den wunderbaren Ausblick in eine liebliche chinesische Landschaft genießt. Bevor um halb acht die ersten Kollegen eintrudeln, hat er seine Kanne geleert, abgewaschen und wieder verpackt. Um viertel vor acht klemmt sich Herr Dehmlow den ersten Stapel Hefte unter seinen Arm und geht damit zu seiner Klasse. Um diese Zeit sind einige Lehrer noch nicht einmal in der Schule eingetroffen.

Herr Dehmlow öffnet die Fenster, begießt den riesigen Kaktus, den ihm seine Klasse im letzten Jahr zu Weihnachten geschenkt hat und der seitdem auf seinem Lehrertisch thront, auch wenn er ihm manchmal die Sicht versperrt. Mit einem keimtötenden Tuch wischt er über das Pult und bückt sich nach einem zerknüllten Papierball, den er vom Boden aufhebt und in den Mülleimer trägt. Zuvor stellt er sicher, dass der Müllbeutel korrekt über die Ränder des Eimers gespannt ist.

»Morgen. Same procedure as every day?«, sagt der erste Schüler, der den Raum betritt.

»Guten Morgen, Anton.« Herr Dehmlow lächelt. Wenn der wüsste! An diesem Morgen hatte er doch bereits dem Chaos ins Antlitz geblickt und sich gerade noch davor gerettet.

»Guten Morgen, Melanie.«

»Hallo, Herr Dehmlow.«

Jeden einzelnen Schüler begrüßt Herr Dehmlow namentlich. Insgeheim lachen sie über seine Marotten, aber die meisten schätzen ihn, weil er sich immer höflich und fair verhält und nie aus der Fassung gerät.

Nach Unterrichtsschluss gönnt Herr Dehmlow sich im Lehrerzimmer die zweite Kanne Tee. Nachmittags verwendet er den günstigeren English Breakfast Tea im Beutel und beginnt sofort, die angefallenen Arbeiten und Aufgaben zu korrigieren und den Unterricht für morgen vorzubereiten. Als er an diesem Abend, zur selben Zeit wie immer, die Schule verlässt, begegnet er wieder dem Hauswart, der dabei ist, die Scharniere am Schultor einzuölen.

»Halb siebn, pünktlisch wie imma, selbst am letztn Tach vor den Herbstferjen. Kommt als Ersta un jeht als Letzta, det nenn ick Pflichtjefühl! Schöne Ferjen wünsch ick, Herr Dehmlow.« Er wischt sich die öligen Hände an seinem Blaumann ab.

»Danke ebenso, Herr Biber. Auf Wiedersehen.«

Ferien. Das ist immer eine schwierige Zeit, er muss einen Übergang raus aus seiner Routine und hinein in eine neue Gewohnheit finden. So viel freie Zeit. Natürlich, er wird vorbereiten, seine Lieblingsbücher zum x-ten Mal durchlesen, Tee trinken und ganz oft spazieren gehen. In Gedanken versunken, verfehlt er beinahe den Tritt in den Bus und stolpert dem Fahrer entgegen, der ihn entgeistert mustert.

»Verzeihung.« Schnell sucht er sich einen Platz am Fenster und blickt hinaus. Zuerst wiegen, einige Haltestellen später biegen sich die Äste der Bäume im Sturm, Blätter wirbeln durch die Luft und der Himmel verdüstert sich zusehends.

Als Herr Dehmlow den Bus verlässt, fliegen Plastiktüten und Papierfetzen durch die Gegend. Der Himmel ist jetzt dunkelgrau und die Straße menschenleer. Schnell läuft er die U-Bahnunterführung hinab, eine Abkürzung unter der großen Kreuzung hindurch. Auch hier begegnet er keiner Menschenseele. Als er die Treppen auf der anderen Seite der Straße wieder hinaufsteigt, raschelt es plötzlich auf der vorletzten Stufe vor seinen Füßen. In der Ecke entdeckt er eine zerknüllte Zeitung. Ein kleines Winseln dringt in sein Ohr. Vorsichtig schiebt er das Zeitungsstück mit der Schirmspitze weg und blickt auf ein winziges Hundebaby, das sofort torkelnd und kläglich jaulend auf ihn zuläuft. »Das gibt's doch nicht. Wo ist denn deine Mutter?« Er blickt sich um, aber es ist weder eine Hündin noch ein Mensch in der Unterführung oder oberhalb der Treppe zu sehen. Das Hündchen ist inzwischen auf seinen Schuh geplumpst und schmiegt sich auf die Schuhspitze. Herr Dehmlow hängt seinen Schirm ans Geländer und setzt das kleine weiche Hündchen mit den Schlappohren neben seinen Schuh auf die Stufe. Draußen grollt bereits der Donner. »Ich kann dich doch nicht …« Er sieht, wie das Hündchen wieder auf ihn zuläuft, gefährlich nah am Rand der Stufe. Bestimmt wird die Hundemutter bald zurückkommen, vermutlich ist sie auf Futtersuche. Eigentlich ist die Unterführung kein geeigneter Platz für einen jungen Hund, aber wenn er das Kleine hier wegnimmt, findet es die Mutter vielleicht nicht mehr? Eine Weile steht er da und betrachtet das drollige Kleine, wie es ihn mit seinen Knopfaugen mustert. Sicher würde es nicht so ein Kläffer wie der von der Nachbarin werden, wenn es gut erzogen wäre. Was denkt er sich denn nur? Die Mutter ist sicher bald zurück und wird sich um ihr Kleines kümmern. Und wenn nicht? Was, wenn sie nicht kommt? Ein Blick auf die Uhr raubt ihm den Atem.

Neunzehn Uhr dreizehn, er muss schnell nach Hause. »Deine Mutter ist bald zurück«, tröstet er das Kleine und sich selbst. Vorsichtshalber setzt er den Welpen jedoch unten am Fuß der Treppenstufen ab. Damit er nicht herabstürzt, bevor die Hündin ihn holen kommt, denkt er, schiebt ihm noch den zerknüllten Zeitungsball seitlich an die Treppe, und macht sich zum zweiten Mal an den Aufstieg. Ganz wohl fühlt er sich nicht dabei.

Oben angekommen, zögert er, dreht sich noch einmal um. Der Welpe liegt friedlich neben dem Zeitungsball. Hoffentlich kommt die Mutter bald. Erste große Tropfen fegen durch die Luft und Windböen peitschen Herrn Dehmlow beinahe den Schirm aus der Hand. Ratlos blickt er nach unten, doch als der Himmel seine Schleusen öffnet und sich ein Platzregen auf ihn ergießt, ist er trotz seines Schirms binnen weniger Minuten durchnässt. Schnell läuft er los.

Zuhause nimmt er ein heißes Bad. Mögen Hunde Wasser oder Regen? Das Unwetter ist in vollem Gang, als er es sich mit einem

Buch und einer Kanne Oolong auf seinem Sessel gemütlich macht. So richtig kann er sich heute nicht beim Lesen entspannen. Er verbrennt sich die Zunge und stellt die Teeschale ungeleert auf den Tisch. Sogar der Oolong schmeckt ungewohnt bitter. Immer wieder steht er auf, tritt ans Fenster und sieht in die Dunkelheit und den anhaltenden, dichten Regen hinaus. Einundzwanzig Uhr. Er schließt das Buch und geht zu Bett. Unruhig wälzt er sich hin und her. Der Wecker zeigt dreiundzwanzig Uhr dreißig, als er aufsteht und noch einmal hinaussieht. Es regnet noch immer. Vielleicht hat das Kleine Hunger? Lächerlich. Kopfschüttelnd legt er sich wieder ins Bett. Dieses Mal hat er Glück und der Schlaf nimmt ihn in seine Arme.

Halb Fünf. Verschwitzt und verwirrt fährt er aus seinem Traum. Die Dunkelheit umschließt ihn. In seinem Traum war er nur handgroß, stand hungrig vor seiner verschlossenen Wohnungstür und versuchte hineinzukommen. Er steht auf, spritzt sich kühles Wasser ins verschwitzte Gesicht und holt die Milch aus dem Kühlschrank. Warme Milch mit Anis und Zimt – ein beruhigender Schlaftrunk. Katzen lieben Milch, Hunde auch? Was, wenn die Mutter des Kleinen doch nicht zurückgekommen ist? Und wenn es am Ende noch auf die Bahngleise fällt? Hastig stellt Herr Dehmlow den halb leeren Becher auf der Küchenzeile ab, zieht seinen Mantel über den Schlafanzug und steigt ohne Socken in die Schuhe. Die paar Tropfen, die noch vom Himmel fallen, bemerkt er kaum. Ohne Schirm läuft er zur Unterführung zurück. Der Zeitungsball liegt noch dort, doch der Welpe ist weg.

Gehetzt blickt er sich um. Oh nein! Auf den Schienen sieht er einen Schatten. Bitte nicht! Er stolpert zur Bahnkante und entdeckt eine fette Ratte, die sich mit einem großen Krümel im Maul zwischen die Kohlen flüchtet. Zwei Meter weiter vorn sieht er das Hündchen dicht neben der Bahnsteigkante. Es ist allein. Lächelnd läuft Herr Dehmlow zu ihm und das Kleine tapst auf ihn zu.

»Na, hast du Hunger?« Er hebt den Welpen behutsam hoch und

schiebt ihn unter seinen geöffneten Mantel. Wie kalt die Pfötchen sind! Doch schon bald breitet sich von dem kleinen Körper unter seinem Mantel eine angenehme Wärme aus. »Jetzt gönnen wir uns erstmal ein leckeres Frühstück. Und dann gehen wir eine Hundeleine für dich kaufen, … Oolong.« Herr Dehmlow zögert, blickt in das winzige dunkle Gesichtchen mit den Schlappohren und den wuscheligen Haaren. Oolong. Das passt.

Als sie auf die Straße hinaustreten, hat es endlich aufgehört zu regnen und die Luft duftet frisch und lebendig nach feuchter Erde. Am Himmel kündigt sich langsam in blaugrauen Streifen der neue Tag an, während das Hündchen sich weich und warm in seine Hand schmiegt und seine Finger abschleckt. Sanft streichelt er über die weichen Hundeohren und wischt sich eine lockige Strähne aus den Augen. Der Regen hat seine wohlgeordnete Frisur aufgelöst, doch er bemerkt es kaum. Stattdessen sagt er zu Oolong: »Da wird der Hund von Frau Weingarten aber Augen machen, wenn er dich beim Gassi trifft.«

Herkules

»Toll, dass du mich eingeladen hast.« Melanie lachte. »Wir haben uns so lange nicht gesehen. Und jetzt sitzen wir hier in deinem Garten und stoßen mit Apfelschorle an. Früher war es Prosecco.«

»Na ja, ich stille noch. Aber du kannst gern einen Prosecco trinken. Ich habe einen im Kühlschrank.«

»Ach nein, lass!«

Doch Anna war schon aufgesprungen und ins Gartenhaus gelaufen. Auf dem Rasen hinter dem Blumenbeet spielten Sophie und ihr Schäferhund. Schienen sich gut zu verstehen, die beiden. Melanie war überrascht, dass Anna keine Sorge um ihre Tochter hatte. Wenn der Hund einmal zuschnappte, konnte sie niemals schnell genug eingreifen.

Sophie. Wie alt mochte sie jetzt sein? Wie lange hatten Anna und Melanie sich nicht mehr gesehen? Zwei Jahre? Melanie hatte von der Schwangerschaft ihrer Freundin nicht einmal etwas mitbekommen.

Anna kam mit dem Prosecco und einem Glas zurück. Melanie trank die Schorle aus und spülte mit dem gekühlten Schaumwein nach. Ah! Schon besser.

»Auf unsere wiedergewonnene Freundschaft«, sagte Anna und hob ihren Becher.

»Auf unsere wiedergewonnene Freundschaft«, bekräftigte Melanie und fügte hinzu, »die niemand mehr zerstören kann.«

»Fast niemand«, korrigierte Anna. Damit spielte sie sicher auf die Sache vor zwei Jahren an. Da hatte Melanie ihr den Freund ausgespannt. Von dem Anna schwanger war, aber das wussten weder der Freund noch Melanie damals. Darum das Zerwürfnis. Aber nun hatte Melanie mit ihm Schluss gemacht und Anna in einem Brief um Verzeihung gebeten. Nun saßen sie wieder zusammen. Gut, dass ihre Freundschaft nicht völlig zerbrochen war. Dass Anna verzeihen konnte und glücklich zu sein schien.

»Wie alt ist Sophie jetzt?«, fragte Melanie.

»Siebzehn Monate.«

»Oh! Und wann hast du dir den Hund zugelegt?«

»Kurz nach der Trennung! Ich habe ihn aus dem Tierheim geholt. Er ist neben Sophie das Beste, was mir passieren konnte.« Sie warf den beiden aus der Entfernung einen liebevollen Blick zu.

»Aus dem Tierheim?«

Auf einmal verstand Melanie, warum sie so ein Kribbeln im Bauch spürte, das Gefühl einer unheilvollen Bedrohung. Ein Schäferhund. Aus dem Tierheim. War Anna nicht klar, was für eine gefährliche Kombi sie sich da ins Haus geholt hatte? Sie überlegte, ob sie ihre Gedanken für sich behalten sollte. Anna hatte sie früher so oft als Besserwisserin bezeichnet. Wieder schielte sie misstrauisch auf den Rasen, auf den tobenden Hund und das spielende Kind. Sophie juchzte und rollte sich im Gras. Der Hund bellte und machte es ihr nach. Sophie packte ihn und zog seinen Kopf zu sich heran. Die lange Zunge des Schäferhundes fuhr ihr über das Gesicht. Puh! Melanie zuckte zusammen.

»Er heißt Herkules, weil er so stark ist.« Anna lachte. »Ein bisschen dominant manchmal mit anderen Hunden oder Menschen. Nur bei Sophie wird er schwach.«

Melanie erinnerte sich, wie er sie angeknurrt hatte, als sie Anna zur Begrüßung umarmte. Anna musste ihn zurechtweisen, erst dann gab er Ruhe. Nein, sie konnte sich nicht länger zurückhalten.

»Kennst du eigentlich die Beißstatistik? Da steht der Schäferhund weit oben.«

»Was? Wie kommst du denn darauf?«

»Weißt du, was für ein Hund Herkules ist? Aus welchen Verhältnissen er kommt? Ob er vielleicht eifersüchtig auf Sophie ist?«

Anna blickte sie stumm an und Melanie schwieg. Sie kannte diesen Blick.

»Er ist der liebste Hund, den ich kenne. Sophie kann alles mit ihm machen. Alles! Er würde ihr nie etwas tun. Ich möchte nichts mehr davon hören. Sonst bereue ich noch, dass ich dir verziehen habe.«

Schweigend nippten die beiden an Becher und Glas. Doch Melanie konnte es sich nicht verkneifen, weiter zu warnen. »Es wäre nicht der erste Familienhund, der ein Kind gebissen und schlimm zugerichtet hat. Und dem das niemand zugetraut hätte.« Melanie fielen all die Geschichten ein, die in regelmäßigen Abständen durch die Medien geisterten. Hunde, die spielende Kinder anfielen, die Kinderwagen umschubsten und Babys verletzten.

»Melanie, hör auf!«

Plötzlich verstummte das fröhliche Gebell. Schlug um in ein Knurren, aggressiv und gereizt. Der Schäferhund stand geduckt im Gras, mit gesträubtem Nackenfell und gefletschten Zähnen. Sophie bekam davon nichts mit, sie streckte die Hand aus nach etwas, das wohl im Gras vor ihr lag.

»Herkules!«, rief Anna. Aber Herkules hörte nicht auf. Im Gegenteil. Jetzt schnappte er sich Sophies Shirt und begann an ihr herumzuzerren. Ein Grund für sein Verhalten war nicht ersichtlich. Vielleicht hatte Sophie ihn zu doll an den Ohren gezogen.

»Herkules!«

Annas Stimme klang inzwischen schrill, beinahe panisch. Sie sprang auf und rannte zu ihrer Tochter. Melanie blieb wie gelähmt sitzen. Sie hatte es gewusst. Wie konnte man nur so leichtsinnig sein und ein kleines Kind mit einem Schäferhund alleinlassen! Noch dazu mit einem Tierheimhund, wie schrecklich! Melanie konnte sich immer noch nicht rühren. Die Welt schien sich in Zeitlupe zu bewegen.

»Herkules, aus!«, schrie Anna, stolperte über einen Stein und schlug lang hin. »Aus! Herkules! Aus! Böser Hund, böser Hund!«

Doch Herkules kümmerte das nicht, er packte Sophie an ihrer Windel, hob sie hoch und zerrte sie durch das Gras. Anna rappelte sich auf. Im nächsten Moment erreichte sie ihren Hund, packte ihn am Halsband und zog ihn weg. Sophie begann zu weinen. Endlich konnte auch Melanie sich wieder bewegen und eilte ihrer Freundin zu Hilfe.

»Herkules, Platz!«, befahl Anna. »Platz und bleib!« Sie hatte ihre Fassung wieder gewonnen.

Herkules hörte jetzt aufs Wort. Anna ließ das Halsband los, nahm Sophie in den Arm, wiegte sie und redete tröstend auf sie ein. Der Hund lag am Boden, fuhr sich mit den Pfoten immer wieder über seine Nase und winselte, als hätte er ein schlechtes Gewissen.

»Was ist bloß in dich gefahren?«, schimpfte Anna. »Warum machst du so was?«

Herkules wimmerte. Sein Kopf sank auf die Pfoten, er konnte ihn kaum noch halten. Im nächsten Moment sah Melanie etwas durch das Gras huschen.

»Anna!«, rief sie. »Anna! Da war etwas; eine Schlange im Gras!«

Anna fuhr hoch. »Was?«

»Eine Schlange. Eine Kreuzotter, glaube ich.«

Herkules' Wimmern wurde schwächer. Er begann zu zittern.

»Kannst du Sophie mal halten?« Anna ging in die Knie und hob seinen Kopf hoch. Herkules jaulte auf.

»Seine obere Lefze ist geschwollen und ganz blutig«, flüsterte sie. »Ich glaube, die Schlange hat ihn gebissen.« Sie war den Tränen nahe. »Und ich schimpfe dich auch noch aus. Nicht wahr?« Sie legte seinen Kopf in ihren Schoß. »Du Lieber, du Guter, du feiner, feiner Hund.«

Das Zittern des Hundes wurde stärker. Trotzdem wedelte er mit seinem Schwanz und versuchte, auf die Beine zu kommen. Doch er knickte immer wieder ein. »Steh auf!«, flüsterte Anna. »Bitte Herkules, steh auf!« Ihr Gesicht war tränennass. Auch Sophie begann zu weinen, doch Anna hatte nur Augen für ihren Hund. Sophie streckte die Arme nach ihrer Mama aus. Oder nach Herkules.

Melanie beugte sich herunter und brachte sie zu den beiden. Sophie legte einen Arm um Anna, einen um den Hund.

Sie sind eins, dachte Melanie. Alle drei. Wehmut erfasste sie. So sah bedingungslose Liebe aus.

Herkules dankte es ihnen, indem er seinen Kopf hob und sich aufrichtete. Seine Beine zitterten, aber er stand.

»Wir müssen in die Tierklinik«, sagte Anna. »So schnell es geht. Kannst du so lange auf Sophie aufpassen?«

»Wir kommen mit«, entschied Melanie. »Ich glaube, er fühlt sich besser, wenn sie dabei ist. Und Sophie auch.« Und ich genauso, dachte sie bei sich.

Herkules konnte kaum laufen. Immer wieder knickten seine Beine ein. Doch gemeinsam schafften sie es bis zum Parkplatz.

»Würdest du …?«, fragte Anna. Sie musste den Satz nicht beenden, Melanie wusste instinktiv, was ihre Freundin von ihr wollte. »Klar sitze ich mit Herkules hinten. Ich halte ihn.«

Anna atmete erleichtert auf. »Er ist nicht mehr der Jüngste, weißt du?« Sie schnallte Sophie auf ihrem Kindersitz fest und rief in der Tierklinik an. Ihre Stimme zitterte, doch sie hatte alle notwendigen Auskünfte parat.

»Eine Kreuzotter«, sagte sie. »In die Lefzen. Bitte, wir sind gleich da.« Dann wandte sie sich Melanie zu. »Sie erwarten uns.«

Melanie setzte sich auf den Rücksitz, Herkules kroch ins Auto, Anna half ihm und warf eine Decke aus dem Kofferraum über ihn. Er legte die Vorderpfoten und seinen Kopf in Melanies Schoß. Melanie zuckte ein wenig zurück. Doch sie ließ es zu. Nur ihre Hände versteckte sie. Ein bisschen Angst hatte sie schon noch. Herkules war wach, aber er atmete flach, schnappte ab und zu in die Luft und wirkte verwirrt. Er sabberte in Melanies Schoß, aber es störte sie kaum.

Innerhalb weniger Minuten hatten sie die Tierklinik erreicht.

»Warte hier!«, rief Anna und stürzte aus dem Auto. Herkules hatte nicht einmal mehr die Kraft, seinen Kopf zu heben. Anna kam mit einem Rollwagen und einer Tierarzthelferin wieder. Gemeinsam holten sie Herkules aus dem Auto und hoben ihn auf den Wagen. Die Schwester schob ihn in den Behandlungsraum. Anna wollte folgen, aber die Schwester hielt sie zurück. Anna begann zu weinen. Doch als Sophie ebenfalls zu weinen anfing, unterdrückte sie weitere Tränen und richtete sich kerzengerade auf. So saßen sie nun im Warteraum und schwiegen sich an. Selbst Sophie ließ nichts mehr von sich hören. Bis sie auf Annas Arm einschlief. Irgendwann fing Anna an zu sprechen.

»Er ist ein guter Hund«, sagte sie. »Das weißt du, oder?«

»Ich weiß.« Melanie seufzte. »Ich habe ihm unrecht getan. Du hast den besten Hund der Welt.«

»Meinst du, er schafft es?«

Melanie umarmte ihre Freundin. »Er schafft es, da bin ich ganz sicher.« Was Sophie passiert wäre ohne den beherzten Einsatz des Hundes, daran mochte sie gar nicht denken.

Astrid Neunaber

Interview mit einem Mastino

Interview mit einem Mastino im Radiofunk »weißer Adler auf weißem Grund« (auch die friesische Nationalflagge)

Moderator: »Ich freue mich heute, Jumbo a Castore et Polluce begrüßen zu dürfen. Tach auch!«

Otto: »Ja, mmmooooiiin, sach ruhich Oddo zu mir.«

Moderator: »Gern. Moin, Oddo! Anlass dieses Interviews ist ja nun dein zweijähriges Jubiläum bei Neunabers, heißt, heute vor 24 Monaten bist du bei denen eingezogen. Aber ich merk schon, sprachlich hast du dich ja nun wirklich gut eingelebt.«

Otto: »Das ist ja nun auch keine große Kunst gewesen, näch. Meine Wurzeln sind zwar italienischer Art, aber meine Muddi, was die zauberhafte Yvi ist, also nicht die Mama Astrid, kommt ja nich so weit wech, näch.«

Moderator: »Ach, guck! Da hattest du also von Geburt an den nordischen Slang intus?«

Otto: »Jo, kam mir hier echt zugute, oder anners gesagt, kam Mama und Papa echt zugute. In dem Alter noch 'ne Fremdsprache lernen is ja nich ohne. Da hätten se sich wohl eher 'n Deutsch Drahthaar holen sollen.«

Moderator: »24 Monate ist nun auch schon 'ne ganze Zeit und du hast auch 'ne Menge erlebt.«

Otto: »Hör mir upp!«

Moderator: »Aber so im Großen und Ganzen …«

Otto: » … löppt dat. Ganz, ganz feine Familie hab ich da erwischt. Manchmal etwas störrisch, aber nett du, wirklich. Vor allen Dingen der Menschenzwerg. Nej, wat 'n fein Kerl. Und das Bulldoggenfräulein Gerdalein, die hat mir alles gezeigt. Jo, wo was is, was ich darf, was nicht. Also eigentlich nichts, ist 'ne Zicke. Das ist doch nicht öffentlich, oder? Nich, dat die dat hört, da kann ich gleich antreten und mir 'n Einlauf abholen.«

Moderator:»Nee, nee, bleibt alles unter uns! Äh, du hast da was an der Lefze hängen …«

Otto:»Mach mal wech!«

Moderator:»Jo, is wech.«

Otto:»Danke! Weißt ja, leg dich nie mit dat Gerda an. Jut, dann ist da der Butchy. Das is Mamas Bulli-Liebling. Das is so 'n intro, introvert, na halt so 'n gaaaaaaaanz ruhiger. Der steht voll unter Mamas Schutz. Der sieht heftig brummig aus. Aber Mama sagt, dass er nur aus Herzen besteht. Versteh ich nicht, denn der hat ja braunes Fell. Egal, ich mag den und er mich wohl auch, denn ab und an, wenn meine Schnüss dreckig ist, dann putzt er mich. Voll nett, putzt, auch wenn da nix is. Das ist so 'n Kerl für den Weltfrieden!«

Moderator:»Und deine Menscheneltern? Wie sind die so?«

Otto:»Jup, kann nich klagen, sind mir nicht ganz unsympathisch, die lernen fix.«

Moderator:»Ja, Mensch, Otto. Ich seh gerade, unsere Zeit ist auch schon wieder um. Schön, dass du da warst.«

Otto:»Darf ich noch jemanden grüßen?«

Moderator:»Ja, aber natürlich.«

Otto:»Fein. Ich grüß die hübsche Fides, die nette Ute und ihren Lutz aus dem Urlaub, dann Anke und Daniel aus der alten Heimat, den ollen weißen Riesenpudel zwei Querstraßen weiter grüß ich nicht, dem kack ich nächstes Mal in die Auffahrt, Schnösel der. Layla von zwei Häusern weiter und …«

Moderator: Guckt auf die Uhr.»Wir sollten dann schon mal ein Lied einspielen.« Gibt ein Handzeichen.

Otto:»… Karlchen von nebenan, den grüß ich auch, die Flauschnasen Kiel, die nette Frau von der Eisdiele. Wink. Und die Ines, da bei Hamburch wech, die grüß ich auch ganz lieb. Zwinker. Dann grüß ich noch …«

Im Hintergrund singt Eros Ramozotti.

Otto: »… den Postboten, den Hermesboten, den DPD-Boten, den GLS-Boten, wenn man Boten oft sagt, hört sich das ziemlich merkwürdig an. Den UPS-Boten …«

Ottos Stimme geht in der Musik unter. Aber er ist mal wieder groß herausgekommen, wie es sich für einen Helden wie ihn gehört!

Leider ist Otto am 8.4.2021 ganz plötzlich und unerwartet verstorben. Er wird für immer unser Held bleiben. R.I.P., Otto!

Laszlo Hartmann

Kamera läuft. Und bitte!

»Und bitte«, sagte ich, wie es sich für eine angehende Filmregisseurin gehörte.

»Nicht Action?«, sie kicherte gurgelnd und ihr Gebiss wackelte bedenklich, als sie ihr millionenfaltiges Gesicht verzog, sich verschluckte und bis zum Bäuerchen hustete. Angemessen trauernd sah das nicht aus. Ich würde die Szene herausschneiden müssen.

Ich war zweiundzwanzig und von Abschied wusste ich nicht viel. Doch Abschied war nun mal das Thema, zu dem wir einen Film drehen und schneiden sollten. Unbedingt wollte ich die Aufnahmeprüfung an der DFFB bestehen, ich sah mich schon als weibliche Fassbinder die deutsche Filmszene revolutionieren. Meine erste Idee, Taschentücher an Abreisende am Bahnhof Zoo zu verteilen – sie sollten die Zugfenster herunterkurbeln und damit winken bei der Abfahrt –, verwarf ich. Das war nur ein Bild, keine Geschichte.

Ich liebte Friedhöfe – Oasen der Stille inmitten der hektischen Mauerstadt –, doch auf einem Friedhof zu filmen, fand ich zu naheliegend und wenig originell. Dann erzählte mir meine Mitbewohnerin von dem Tierfriedhof in Dahlem.

Auf den ersten Blick sah alles ganz normal aus. Spatzen krakeelten in den Büschen. Birken taten, als wäre ihr Grün für alle Ewigkeit. Nelken, Chrysanthemen, Gerbera, Gräber, Grabsteine, akkurat geharkte Wege; nur die Friedhofsengel, die über tote Menschen wachen, fehlten. Auf den zweiten Blick fielen die Namen auf. Bello, Flocke, Strolch, Asko, Krümel. Und Whiskey, das würde einen Lacher geben. Schräg, seinen Hund nach seinem Lieblingsgetränk zu benennen: Whiskey, komm! Whiskey, aus! Ich drehte atmosphärische Symbolbilder, die in Schwarzweiß Melancholie und Trauer erzählen sollten. Machte Nahaufnahmen von Blättern, die in einer

Wolkenspiegelung auf der Wasseroberfläche im Friedhofsbrunnen trieben. Filmte Gießkannen, die angekettet an einen schmiedeeisernen Zaun im Herbstwind knarrten. Zoomte auf einen zerliebten Stoffpudel, dem ein Auge fehlte, wohlwissend, dass Zoomen ein Stilmittel ist, das Profis, wenn überhaupt, sparsam einsetzen. Und ich schwenkte Grabinschriften ab: Mein Bello wurde 22 Jahre. Rex, du bist in unseren Herzen. Berni, ruhe in Frieden. Gute Reise, Fellnase. Ich dachte an Jureks Worte, Jurek studierte in Warschau bei Kieslowski: Eine Tür, die sich schließt, ist eine Tür, die sich schließt. Erst durch den Kontext wird sie zum Symbol. Ich dagegen brauchte eine Geschichte. Jemanden, der mir von seinem Hund erzählte. Jemanden, der trauerte.

Sie goss die verblühten Nelken auf dem Grab von Whiskey, ausgerechnet. Der Wind wirbelte braungelbe Blätter empor und hob ihren Mantelsaum. Unter ihrem Mantel trug sie ein Frotteenachthemd und sah aus wie eine, die keinen hatte, der auf sie wartete. Ich sprach sie an und gerne war sie bereit, mir vor der Kamera von ihrem Whiskey zu erzählen. Wie meine Oma, die starb, als ich zwölf war, roch sie. Nach Mottenpulver und 4711, Pfefferminzbonbons und Vergänglichkeit.

»Sie harken ein bisschen und erzählen mir von Whiskey. Gucken Sie mich an, nicht in die Kamera«, sagte ich und fühlte mich großartig.

»Und bitte«, die zweite.

»Whiskey war mein treuster Kamerad. Der einzige Freund, den ich damals hatte«, sie schluchzte und ich unterdrückte ein Grinsen. Diesen Satz konnte man so oder so verstehen, noch ein Lacher, garantiert, ich hätte ihr keinen besseren schreiben können.

»Innen Trümmern hab ich ihn gefunden. Gezittert hat das arme Ding vor Angst. War ja alles in Schutt und Asche. Hier ums Eck, Podbielskyallee«, sie deutete hinter sich. »Mein Pudelche mochte nur mich. Nur ich durft ihn umgitscheln und knuddeln.

Bei anderen schnappte er und biss auch mal zu«, sie fletschte ihre dritten Zähne, knurrte und bellte in die Kamera, als wollte sie ins Objektiv beißen. Irre sah das aus, würde ich auch rausschneiden müssen, wenn ich sie nicht zum Gespött machen wollte. »Das Pupperle, Gott hab ihn selig. Ein dusseliger Roter, so ein Bleedling, hat ihn auf dem Gewissen. Weil die treue Seele mich beschützen wollte, als der mir an die Wäsche ging. Barbaren! Kommunistenpack«, sie ballte ihre verkrümmten Finger zur Faust, reckte sie gen Himmel und sah nun nicht mehr wie eine freundliche Großmutter aus. Ich schielte zu der Grabesinschrift, Whiskey, ein Terrier, hatte von 1971 bis 1983 gelebt. Irgendetwas stimmte da nicht. Während ich noch überlegte, wie und ob ich nachfragen sollte, war die Filmkassette voll.

»Und Cut. Danke, meine ich. Einen Moment«, sagte ich und wechselte die Kassette.

»Seh ich auch scheen aus, Mädche?«, sie lächelte mich an, holte einen Metallkamm, dem zwei Zinken fehlten, aus ihrer Manteltasche, spuckte drauf und kämmte ihre wenigen Haare auf die eine Seite. Einmal Scheitel, einmal nicht, ein Anschlussfehler! Wie sollte ich das später im Schnitt nur aneinander montieren? Scheinheilig bemerkte ich, dass sie mir ohne Scheitel besser gefallen hätte. Kokett lachte sie auf, wie ein junges Mädchen, zerzauste ihr Haar wieder und steckte den Kamm ein. Kramte in der anderen Manteltasche, zog einen zerknitterten Fünfmarkschein heraus und deutete auf meine zerrissene Levi's Jeans. »Kauf dir 'ne ordentliche Buchs', Kindche«, sagte sie, »sonst kriegste keinen ans Bändel.« Ich wollte ihr Geld nicht. Jeans müssten genau so sein, beteuerte ich.

»Papperlapp. So 'nen Quatsch mit Soße hat die Welt nicht gehört, das schickt sich doch nicht«, sagte sie und ich nahm den Schein und beschloss, ihr das Geld zurückzugeben. Später. Nach Drehschluss. Drehschluss, wie gut das klang.

»Warum nannten Sie ihn Whiskey?«, wieder drückte ich den Aufnahmeknopf. Sie schaute mich an, als wäre ich komplett plemplem. »Haste Grütze im Kopp, das weiß doch jedes Kind, Dummerle! Die Amis soffen Whiskey wie Wasser. Ein GI schenkte ihn mir. So ein Schnuckerle, das Dackelche. Nicht der Ami«, sie kicherte. »Ich war ziemlich flott damals, ein Feger, wenn auch zu mager. Dünner noch als du, Kindche. Kaugummis schenkte der mir auch immer, mit Himbeergeschmack.« Wieder kramte sie in den Weiten ihrer Manteltasche. Ich stellte die Kamera aus und streckte meinen Arm, der schmerzte, die Kamera wog sicher drei Kilo. Sie missverstand das und ehe ich »Nein, danke« sagen konnte, lag ein Pfefferminzbonbon in meiner Hand. Ich ekelte mich, denn an dem Papier klebten Fussel und ein graues Haar. Sie sah mich streng an, wie es zuletzt meine Oma getan hatte. Ohne Widerworte wickelte ich den Bonbon aus und steckte ihn in den Mund.

»Aus der Heimat«, sie lächelte, »die Bonsche verkaufen wir in unserer Apotheke.« Eindeutig waren es Bonbons vom Aldi. »Wir sind aus Königsberg, mein Mann ist Apotheker. Die scheene Heimat, alles verloren«, eine Träne bahnte sich ihren Weg über Furchen, Rinnen, Täler. »Warst du schon mal da, Herzerle?« Ich schüttelte den Kopf und bemühte mich, die Kamera dabei ruhig zu halten. »Pommerland ist abgebrannt«, sang sie, »flieh Deutscher, flieh.« Eben war sie noch ein junges Fräulein im zerbombten Trümmerberlin gewesen, jetzt eine Apothekergattin, eine aus Schlesien vertriebene? Wie sollte ich das bloß montieren?

»Unser Hasso ist in der Ostsee ertrunken. Dieser furchtbare Krieg. Papusch hatte ihn mitgenommen. Für 'n Tod gibt es keine Medizin und wennste die ganze Apotheke frisst. Alle tot«, sie formte ihre verkrümmten Finger zu etwas, was wie eine Pistole aussah, und zielte auf mich: »Kawumm, alle tot. Da war kein Platz für Papusch, kein Platz für Bello in den Rettungsbooten, als die Titanic unterging.«

Titanic? Meinte sie die Wilhelm-Gustloff? Ich liebte Geschichten, Geschichte nicht so, aber dass die Titanic im Jahr 1912 untergegangen war und keine Russen schuld gewesen waren, wusste selbst ich.

Sie erzählte, bis alle Filmkassetten voll waren. Ich verschob den Gedanken, ob das alles Sinn machte, auf später. Am Schneidetisch würde ich darüber nachdenken, am Schneidetisch, wie gut das klang. Ich lauschte, fühlte mit ihr. Es war unwichtig, ob ihr Hund Whiskey hieß, Bello oder Hasso, ein Pudel, ein Schäferhund oder ein Mops gewesen war. Egal, ob sie alle Hunde, die sie in ihrem Leben gehabt und alle, die sie sich vielleicht nur gewünscht hatte, zu einem machte. Liebe bleibt Liebe, ob das Drumherum wahr ist oder fantasiert.

»Da sind Sie ja, Frau Hofmann, war ja klar, dass Sie den Whiskey besuchen«, die freundliche Stimme gehörte zu einem blonden Mann in einem hellblauen Kittel. Auf seinem Namensschild stand: Markus, Pflegehelfer, und der Name eines Pflegeheimes.

»Liebster Papusch«, sagte sie, »das Mädche macht einen Film über Hasso. Da kannst du doch nicht reinplatzen«, sie drohte ihm, wenn auch lächelnd, mit dem Finger, »und einfach so mittenmang am Tag die Apotheke zumachen, das geht doch auch nicht.« Markus, der ungefähr in meinem Alter war, rollte mit den Augen, allerdings so, dass sie es nicht sah, und zwinkerte mir zu.

»Hilde, Töchterchen, Mutter hat Königsberger Klopse gemacht zum Mittagessen, das essen wir doch so gerne.«

»Und einen kriegt Bello«, sie klatschte in die Hände.

»Einen für Whiskey und einen für Struppi«, sanft hakte Markus sie unter, noch bevor ich das Zauberwort »Drehschluss« oder wenigstens »Danke« sagen konnte. Sie ging mit ihm, ohne sich von mir zu verabschieden, ohne sich umzudrehen. Als hätte jemand unseren Moment in ihrem Kopf einfach ausgeknipst.

Von Demenz wusste ich noch nicht viel. Es wurde ein berührender Film, wenn auch etwas seltsam. Mir gefiel er, der Jury auch. Angenommen wurde ich trotzdem nicht, ich hatte die Filmkritik, die wir am Tag danach schreiben sollten, komplett verhauen. Weil ich die alte Dame und alle ihre vierbeinigen Freunde – erfunden oder real – einfach nicht aus meinem Kopf kriegte.

Wochen später fand ich den zerknitterten Fünfmarkschein, den sie mir gegeben hatte. Noch einmal fuhr ich nach Dahlem zum Tierfriedhof, doch sie war nicht da. In dem Altersheim die Straße herunter kannte sie keiner, ein Markus arbeitete dort angeblich auch nicht.

Ich habe noch oft an Whiskey gedacht. Den Fünfmarkschein habe ich aufgehoben und er hat mir Glück gebracht. Aus mir ist auch ohne die Filmhochschule zwar keine weibliche Fassbinder, aber eine ganz passable Filmemacherin geworden. Nach jedem fertigen Film spende ich dem Tierheim Dahlem zehn mal fünf mal fünf Mark, inzwischen in Euro. Für die Grabpflege von Bello, Flocke, Strolch, Asko, Krümel und wie sie alle hießen. Und natürlich für Whiskey! Ich verdanke ihm viel, ihm, beziehungsweise der unerschütterlichen Liebe der alten Dame zu ihm. In allen meinen Filmen ist wahrhaftige Liebe stärker als schnöde Fakten. Bevor das hier aber nach Eigenlob stinkt, sage ich: »Und Cut, ich meine Danke.«

UNSER
BESTER FREUND

Ulrich Conrad

Das Rudel muss zusammenbleiben

»Ich soll mich nicht so anstellen?«, schreie ich zurück. »Glaubst du, nur weil wir geheiratet haben, kannst du dir alles erlauben? Es reicht, Dirk!« Mit zitternden Händen greife ich nach dem soeben gepackten Rucksack. »Ich gehe zu meinen Eltern!«

»Aber Carola, es war doch nicht so gemeint.«

»Das sagst du immer, aber dein ständiges Genörgel reicht mir endgültig. An allem meckerst du herum, wenn du getrunken hast, aber wehe, wenn ich deinen Suff kritisiere. Ich halte das nicht mehr aus. Was zu viel ist, ist zu viel.«

Artus jault, als wäre ihm jemand auf den Schwanz getreten.

Zum Abschied streichle ich unserem Hovawart über sein rabenschwarzes Fell, dann öffne ich die Haustür und gehe.

»Mach doch, was du willst«, lallt Dirk mir hinterher.

Artus bellt. Mehr kann er nicht tun.

Ist meine Ehe nun endgültig gescheitert? Soll ich mich scheiden lassen? Auf Artus müsste ich womöglich verzichten. Ein schrecklicher Gedanke! Keine drei Jahre hätte die Ehe gedauert, dabei war ich so glücklich mit Dirk. Ob wir doch zu jung geheiratet haben? Ach, egal! Zu Fuß bin ich in zehn Minuten bei meinen Eltern. Anstatt mich freudig aufzunehmen, findet Papa jedoch Grund zur Kritik. »Carola, du solltest versuchen auch Dirk zu verstehen.«

Leider wird das immer schwieriger.

»Seit er arbeitslos ist, müsst ihr von deinem Einkommen leben. Das ist schwer für ihn.«

Na und? »Ich verdiene in meinem Job genug für uns beide.«

»Schon, aber er will eben nicht von seiner Frau abhängig sein. Das belastet ihn und lässt ihn manchmal verzweifeln.«

»Muss er deshalb zum Alkohol greifen?«

»Ich bin mir trotzdem sicher, dass er dich liebt.«

»Das mag sein, aber seine Trinkerei ertrage ich nicht. – Bitte, lass mich meine Sachen in mein altes Zimmer bringen.«

Er tritt zur Seite. »Na klar.« Schön, dass ich hier einen Rückzugsort habe, der seit meinem Auszug unverändert ist. Schnell meinen Rucksack abstellen und Mama begrüßen. Im Wohnzimmer sitzt sie auf ihrem Fernsehsessel, von Krankheit geschwächt. Hoffentlich hilft ihre Therapie. Natürlich berichte ich von meinem Streit mit Dirk. Liebevoll sieht sie mich an und ergreift meine Hand. »Wenn er zu einem Trinker wird, musst du dir das nicht gefallen lassen. Du bist hier immer willkommen.« Schön, dass sie auf meiner Seite steht. »Denke aber auch daran, dass man sich auf einen Ehepartner verlassen können muss.«

Ich nicke. »Stimmt. Seit er trinkt, kann ich mich nicht mehr auf ihn verlassen.«

Mama schüttelt den Kopf. »Kann er sich denn auf dich verlassen?«

»Auf mich? Natürlich! Wenn er nüchtern ist, kann er das.«

Ihr Blick wird streng. »Nur dann?«

Ist das nicht genug? »Manchmal bekomme ich richtig Angst vor ihm«, muss ich zugeben.

Fragend sieht sie mich an. »Er hat dir doch nie etwas getan, oder?«

»Nein, das nicht.«

»Alkohol macht ihn krank. Du solltest ihm helfen, davon wegzukommen. Wenn du krank bist, wie damals mit deiner Grippe, dann kümmert er sich doch auch um dich.«

»Das kann man wohl kaum vergleichen.«

»Stimmt, Carola. Eine Grippe geht schnell vorbei. Dirk braucht aber Hilfe. Jemand muss auf ihn aufpassen und auch du brauchst jemanden, auf den du dich in der Not verlassen kannst. Dein Papa und ich sind irgendwann nicht mehr da.«

»Ach, Mama, hör doch mit so was auf!«

»Carola, es ist aber so. Dein Vater wird nicht jünger und mir geht es zurzeit gar nicht gut. Ohne ihn wäre ich aufgeschmissen.«

An ihre Krankheit will ich nicht denken. Sie wird sicher bald wieder gesund sein. Ihr Gehör ist jedenfalls vorzüglich. Sie schaut in Richtung Haustür. »Was ist das für ein Geräusch?«

Ein unregelmäßiges Scharren ist zu hören, dann auch ein Bellen. Mit der Kette vor der Tür öffne ich vorsichtig, da springt mir mein treuer Freund entgegen. »Artus! Was machst du denn hier?« Hat Dirk ihn gebracht? Ich öffne die Tür und schaue in alle Richtungen. Er ist nirgends zu sehen. Mit wedelndem Schwanz lässt sich Artus erst einmal ausführlich streicheln. Dann saust er ins Wohnzimmer, um sich bei Mama die nächste Streicheleinheit zu holen.

Vom Lärm hellhörig geworden, erscheint auch Papa. »Ja, Artus!« Sofort tätschelt er ihn und sieht sich um. »Hat Dirk dich gebracht?«

»Er muss ihm wohl entlaufen sein«, antworte ich kopfschüttelnd.

Mama lässt sich ihre Hand lecken, bis sie mich um die Dose mit seinen Leckerlis bittet. Sie beginnt ihn zu füttern. »Er wird wohl deiner Spur gefolgt sein.«

»Du musst Dirk anrufen und ihm sagen, dass Artus hier ist«, mahnt Papa. »Er wird ihn suchen.«

Flehentlich sehe ich ihn an. »Kannst du ihn nicht für mich anrufen? Ich will nicht mit ihm sprechen.«

»Was soll denn das? Du kannst dich nicht vor ihm verstecken. Er ist dein Mann!«

»Ich überlege, mich scheiden zu lassen.«

Entsetzt lässt Mamas Hand von Artus ab. »Ist es so schlimm?«

»Darüber können wir immer noch reden«, erklärt Papa, »Artus muss trotzdem zu Dirk.«

»Am liebsten würde ich ihn behalten.«

»Das wird wohl kaum gehen«, widerspricht Papa. »Es ist schließlich sein Hund.«

»Aber wir haben ihn gemeinsam aus dem Tierheim geholt, und da lief er sofort auf mich zu!«

»Carola, das spielt doch keine Rolle. Dirk hat mit ihm damals seine Hella ersetzt, die er mit in die Ehe brachte. Damit ist er nur ein Ersatz und fällt nicht in eure Zugewinngemeinschaft.«

Ja, das stimmt, eine Schäferhündin wie Hella wollte er wieder haben. »Er hat sich von mir aber zu diesem Hovawart überreden lassen.«

»Trotzdem! Du wirst ihn nicht behalten können. – Rufst du nun Dirk an?«

Ich soll ihn auch noch bitten, mir den Hund wegzunehmen? Geradeso gelingt es mir, keine Tränen zu vergießen. »Das kann ich nicht«, sage ich unglücklich.

Mit rollenden Augen greift Papa zum Telefon. »Na, dann muss ich das wohl.«

Er spricht ruhig und gelassen mit Dirk. Immer wieder versteht er etwas nicht. Dirk wird lallen. Erstaunlich, wie geduldig Papa manchmal sein kann.

Meine Finger gleiten derweil durch dichtes Fell. Artus genießt es, ich genieße es, warum darf es nicht immer so sein?

Papa beendet das Gespräch. »In einer Viertelstunde will er hier sein.«

Die Freude bei Artus ist nicht mehr zu bändigen, als Dirk klingelt. Er hat ihn natürlich längst gewittert. Endlich kommt sein Rudel wieder zusammen! Papa öffnet die Tür, begrüßt meinen angetrunkenen Ehemann und entschuldigt mich.

»Bitte, lass mich mit Carola reden«, fleht er nuschelnd.

»Ich glaube nicht, dass sie das will.«

Kopfschüttelnd sehe ich die beiden an. »Das hat wohl keinen Zweck.«

Die Leine, die Dirk mitgebracht hat, befestige ich an Artus' Halsband und streichle ihn nochmal. »Mach's gut, mein Junge, und pass auf dein Herrchen auf.«

Er sieht mich an, als verstünde er jedes Wort. Dann schaut er zu Dirk, als wolle er fragen, warum der nicht hereinkommt und er sich stattdessen aus dem Haus ziehen lassen soll. Mit ganzer Kraft stemmt er sich dagegen, bellt, so laut er kann, und zerrt fest entschlossen an der Leine.

Dank seines Alkoholpegels hat Dirk auch ohne Hund schon Mühe nicht zu torkeln. Nun wirbelt Artus um ihn herum. Er muss die Leine mehrmals von der einen in die andere Hand nehmen und dabei aufpassen, dass er nicht stürzt. »Nein, Artus!«, ruft er. »Stopp!«, doch auf Dirk hat unser Vierbeiner noch nie richtig gehört, da reißt er ihn auch schon zu Boden.

Sofort beruhigt sich Artus und leckt Dirk das Gesicht ab. Der flucht vor sich hin, richtet sich mühsam wieder auf und gibt nach. »Dann behalte ihn über Nacht«, nuschelt er. »Ich komme morgen früh wieder, da geht es mir besser.« Als wenn sein Rausch ein Unwohlsein wäre. Wenn er morgen früh nüchtern ist, wird er Artus aber wenigstens wieder gewachsen sein.

Froh, frei zu sein, saust mein Liebling an mir vorbei, zurück ins Wohnzimmer. Als ich hinterherkomme, sieht er mich an, doch mit einem Schlag hört er auf mit dem Schwanz zu wedeln. Dirk ist fort! Sofort eilt Artus zur Haustür, aber die ist bereits geschlossen. Alles Jaulen hilft nicht, nur mit Mühe und zahlreichen Leckerlis kann ich ihn beruhigen. Nach unserer abendlichen Gassirunde will er kaum wieder ins Haus. Bestimmt hat er Dirks Spur gewittert. »Nein, Artus, hierher!«

Am Abend spielt Papa ein paar Minuten mit ihm, doch er ist kaum interessiert. Er hat auch nicht viel gefressen.

»Nichts scheint für ihn wichtiger zu sein, als sein getrenntes Rudel zusammenzuführen«, stellt Papa fest. »Vielleicht solltest du Dirk nochmal eine Chance geben. Für Artus. Dirk ist kein schlechter Mensch, er hat nur Sorgen. Er will dein Ernährer sein und kann es nicht.«

»Von diesem Rollenklischee sollte er wegkommen.«

»Meine Güte, Carola, er liebt dich doch! Was stört dich daran?«

»Sein Alkohol.«

»Dann nimm ihm den weg. Kümmere dich um ihn. Du hast ihm auch versprochen, dass du in guten wie in schlechte Zeiten zu ihm halten willst.«

Bei der Hochzeit. Ja. Damals war alles so schön mit ihm, aber heute? Ich winke ab. »Das war doch nur eine Formalität.«

Papa schüttelt den Kopf. »Wenn er morgen früh nüchtern ist, solltest du einen Ausflug mit ihm und Artus machen. Es ist ja Sonntag und ihr habt Zeit. In deiner Gegenwart wird er kaum Alkohol trinken.« Das würde ich auch nicht zulassen. »Vielleicht wird es dann wieder so schön wie früher. Schlaf mal eine Nacht drüber, Carola.«

Natürlich sollte ich zu Dirk halten, wie ich es auch von ihm erwarte, aber halte ich das aus? Kann ich es schaffen, ihm zu helfen? Will ich das überhaupt? Oder muss ich es sogar? Ich darf nicht nur an mich denken, aber kann ich Dirk länger ertragen? – Artus! Ich verliere ihn, wenn ich Dirk verlasse. Will ich das auch? Könnte es nicht auch mit Dirk eines Tages wieder schön werden?

Viel zu kurz ist die Nacht. Unausgeschlafen stehe ich auf. Artus ist es gewohnt, zeitig Gassi zu gehen. Dass Wochenende ist, begreift er nicht.

Nach dem Frühstück läutet die Türklingel. Wie ein Wirbelwind rast Artus durch den Flur und bellt, bis ich die Tür öffne. Ich schaue auf einen riesigen Rosenstrauß, den mir Dirk entgegenstreckt. »Es tut mir alles so leid, Carola.«

Mit den treuesten Hundeaugen sieht er mich an. »Bitte bleib bei mir. Mit deiner Hilfe komme ich bestimmt vom Alkohol weg. Ich brauche dich doch und – ich liebe dich.«

Schmunzelnd nehme ich die Blumen entgegen und suche eine Vase. Artus ausführlich streichelnd, zwinkert mir Dirk zu. »Wollen wir nicht einen Ausflug machen und ein bisschen unserem Alltag entfliehen?«

»Hast du mit Papa darüber geredet?

»Nein, wieso?«

»Der hat das auch vorgeschlagen.«

»Und, was sagst du? Machen wir mit Artus einen Spaziergang zum Hundeauslaufgebiet?«

Das wäre kaum tagfüllend. »Lass uns lieber an den See fahren und am Mittag ins Restaurant gehen.«

Seine Stirn kräuselt sich. »Ich fürchte, da kann ich dich nicht einladen. Die Blumen haben mein Portemonnaie restlos geleert«, flüstert er mit unglücklicher Stimme.

»Dirk, dann lade ich eben dich ein. Solange nur ich das Geld verdiene, wirst du damit klar kommen müssen, und wenn du wieder einen Job hast, lädst du mich ein. Ab und zu können wir uns das leisten!«

Schon strahlt er wieder. »Dann versuchst du es nochmal mit mir?«

Einen Moment, den Mund leicht schief ziehend, sehe ich ihn an, als müsste ich nachdenken. »Ich kann doch Artus nicht im Stich lassen«, sage ich schmunzelnd. Unsere vierbeinige Hauptperson hat wieder jedes Wort mitbekommen und wuselt fröhlich mit dem Schwanz wedelnd um uns herum.

»Mensch, Artus, wenn du nicht wärst!«, lobt ihn Dirk. »Ohne dich hätte ich Carola bestimmt verloren.«

Felix Kraus

Das Salz auf den Hundezungen

Exzerpt aus dem Roman »The Book You Read«

Mittlerweile kriechen wir auf allen vieren durch den Dschungel, unsere Handflächen sind roh und taub, die Schuhe bieten kaum noch Schutz vor den Ästen, Zweigen und Insektenpanzern. Die Luft unter den Mammutbäumen flirrt und schimmert, und eine dampfige Feuchtigkeit erinnert uns wieder ans Trinken. Unsere Zunge, die mittlerweile eher an eine Trockenpflaume erinnert und sich im Mund auch so anfühlt, tastet sich in Bodennähe über feuchte Blätter. Der Regen hat sich hier etwas gesammelt und das dichte Blätterdach hat die Verdunstung verzögert. Blatt für Blatt fließt das Leben zurück in unsere Sinne, die Augen werden schärfer, und etwas Unsichtbares zieht langsam den Vorhang in unserem Kopf zur Seite. Die morgendlichen Sonnenstrahlen blinzeln uns an und meinen es gut mit uns.

Jetzt ist endlich wieder alles klar. Wir kommen gerade vom Berg, und wir müssen zurück zum Camp. Die fiebrigen Vorstellungen des Wasserentzugs verflüchtigen sich allmählich und wir beschleunigen unseren Körper. Es fühlt sich wie Endspurt an, bloß ist noch lange kein Ende in Sicht. Am Anfang sticht alles, aber der Rhythmus der Füße beruhigt den Geist. Das meditative Wetzen und Knistern der Blätter nimmt den gesamten Kopf ein und macht sich breit, bis eine Art Hall oder Echo zu vernehmen ist. Wie eine mentale Rückkopplung, auf jeden Fußtritt folgen zwei leisere Antworten. Das ist doch nicht nur im Kopf. Wir lösen uns aus dem tranceartigen Zustand und suchen nach der Quelle der geheimnisvollen Dopplung. Und wir stolpern vor Freude, als wir vier zarte Pfötchen entdecken, die elegant über das Unterholz gleiten und unsere Nähe suchen.

Wir landen auf den wunden Knien, setzen uns auf den Boden

und machen uns auf eine stürmische Begrüßung gefasst, die nach ein paar Metern dann auch stattfindet. Die Zunge des Hundes ist feucht und wir lassen unsere eigene unwillkürlich von dem Tier benetzen, jeder Tropfen Flüssigkeit ist jetzt wertvoll und wichtig, egal aus welcher Quelle. Auch die Schnauze ist nass und überträgt kleine Wasserperlen auf unsere Lippen. Wie ein brennender Mensch, der sich selbst in eine Jauchegrube ohne Verzögerung stürzen würde, um die Flammen zu ersticken, lassen wir uns den Mund befeuchten. Merkwürdigerweise hat dieser Vorgang gar nichts Abstoßendes, vielmehr scheint der Hund unser Leid zu spüren und Energie zu spenden. Uns zu heilen. Das ist in dem Moment so rührend, dass uns die Tränen kommen, die wir jedoch sofort auflecken, um keine Flüssigkeit zu verschwenden. Der Salzgehalt macht durstig. Vielleicht sind wir doch noch nicht ganz klar im Kopf.

Trotzdem das Gefühl von Sicherheit. Wir sind endlich nicht mehr allein und wir haben jemanden, der uns die elende Last der Orientierung abnehmen kann. Aber wo ist der Übersetzer. Wo sind wir. Das wäre eine einzigartige Szene für unseren Film gewesen. Etwas raschelt. Waren das vielleicht die Boots des Übersetzers, es rauscht hier etwas, aber es ist nichts.

Der Hund beansprucht seine Zunge wieder für sich und läuft voraus, behält uns aber durch ständiges Umdrehen im Auge, und wir folgen ihm blind durch das grüne Labyrinth, wir hätten sowieso keinen Plan mehr, wohin. Ein Tier, das sich um einen kümmert. Ein Motiv wie aus einem Traum. Ein stillschweigendes Einverständnis herrscht zwischen uns, eine psychische Brücke, deren Steine stärker sind, als es die leeren Wortkiesel zwischen Menschen jemals sein könnten.

Der Dschungel ist hier so wild wie noch nie. Schwül und laut wie auf einem Konzert. Schrille Pfiffe der Makaken, die unsichtbar in ihren Baumkronen kauern und wohl argwöhnisch das ungewöhnliche Duo über das Moos huschen sehen. Komisch, trotzdem hast du dir das Dickicht dramatischer vorgestellt. Gefährlicher, voller. Hier gibt es keine Leichennester in den Baumkronen. Streckenweise nicht einen einzigen Käfer, wo sind die Vogelspinnen, die sich einem töricht in den Weg stellen, die scharfen Fänge von Raubkatzen, die dir das Fleisch vom Knochen ziehen, um damit ihre Jungen zu versorgen. Moskitos sind hier, immerhin, aber stechen tun sie auch nicht oft.

Vom Berg sah alles so einfach aus, nur in die eine Richtung, immer geradeaus, weg von der Sonne. Aber die Sonne steht jetzt direkt über uns, wie soll man denn da weg. Und bald geht sie wieder unter, da kehren wir doch nicht um. Sehr verwirrend, das kann noch nicht das Geheimnis der Pfadfinder gewesen sein.

Aber der Hund, der Hund hält nicht inne. Die Schnauze scheuert knapp über den Wurzeln und Sträuchern, geht in sumpfigen Abschnitten sogar kurz unter, die Augen ja schon fast geschlossen. Wie das wohl ist, wenn man nach Hause riechen kann.

Nach einigen Kilometern verändert sich die Textur des Untergrundes. Was bisher ein zufälliges Chaos an Naturbestandteilen gewesen ist, weicht auf einmal einer strukturierteren Form. Ein

Pfad, von Menschenhand geglättet, mit Werkzeugen und Verstand. Aber es sind fremde Pfade, auf denen uns der Hund führt. Wie können Pfade fremd sein, hier auf der kleinen Insel Yom. Wie können sie nicht von unserer Crew gemacht worden sein. Und dann ist klar, der Hund führt uns zu seiner alten Heimat, er bringt uns mit, so wie wir ihn selbst vor ein paar Tagen mitgebracht haben. Er bellt und wir möchten umdrehen, in Richtung untergehender Sonne, eine Konfrontation vermeiden, egal mit wem.

Aber das Mädchen kommt bereits angelaufen, und ihre dunkle Haut glitzert wie ein Bach, der sich einen sonnigen Hang hinabschlängelt. Ihre Augen sind ganz groß, als sie den Hund entdeckt. Wieso kehrt er denn hierher zurück, zu seinem Gefängnis, wo man ihn mit Stricken hielt und ihn nicht Hund sein ließ. Doch das Mädchen ist so glücklich, und auch der Hund winselt vor Freude. Ein heftiger Riss von Eifersucht pulst durch unser Herz.

Slavica Klimkowsky

Freunde für immer

Leonie wünscht sich einen Hund, einen echten, lebendigen. Einen aus Plüsch hat sie schon. Schwarz und klein und niedlich. Er heißt Tikki und sie liebt ihn sehr. Doch jeden Tag fragt sie ihre Eltern: Wann fahren wir ins Tierheim? Sie fragt den ganzen Sommer lang. Morgens und abends und zwischendurch.

Und dann – Leonie hat schon nicht mehr dran geglaubt – ist es so weit. An einem kalten Wintertag fahren sie tatsächlich ins Tierheim.

Es ist laut. Viel Gebell und süße Hunde. Große Hunde, kleine Hunde, Wuschelhunde und ganz struppige.

Leonie geht von einem Zwinger zum anderen.

»Na, komm, entscheide dich!«, sagen ihre Eltern.

»Nein«, sagt Leonie, »ich suche den Richtigen. Nicht irgendeinen. Einen Hund, der zu mir gehört. Für immer!«

Auf einmal bleibt sie stehen. Sie geht in die Hocke.

»Hallo«, sagt sie, »da bist du ja!«

Ein kleiner, schwarzer Hund sitzt vor ihr. Er hat einen hellen Fleck auf der Schnauze. Ein Ohr steht nach oben, das andere hat einen Knick.

»Mama, Papa, das ist Tikki. In echt. Er hat auf uns gewartet.«

Leonies Eltern schauen sich den Hund genau an. Der Hund zwinkert. Er kneift beide Augen zusammen, dann gähnt er. Man sieht seine rosa Zunge.

Tikki bekommt ein Zuhause. Leonie geht morgens und abends und zwischendurch mit ihm Gassi. Sie hebt sogar die kleinen Haufen auf. Das gehört dazu. Sie lässt sich von Mama Geld geben und kauft das Futter für Tikki. Sie fährt mit Papa zum Tierarzt, wenn Tikki eine Impfung braucht. Und sie ist glücklich. Endlich hat sie ihn gefunden, ihren Freund für immer.

Seit Leonie Tikki hat, bekommt sie viel Besuch. Alle ihre Freundinnen wollen mit Tikki spielen und ihn streicheln. Alle wollen dabei sein, wenn Leonie Tikki badet. Und ihm Futter geben.

»Nein«, sagt Leonie, »er darf nicht zu viel fressen, sonst bekommt er Bauchweh.« Die Freundinnen protestieren: »Aber er freut sich doch!«

»Nein«, sagt Leonie, »Tikki ist mein Freund. Ich passe auf ihn auf.«

In den großen Ferien wollen sie verreisen. Leonie freut sich. Tikki auch. Die Eltern packen. Leonie will helfen. Sie packt alle Tikki-Sachen ein. Leine, Bürste, Napf und Decke.

»Prima machst du das«, sagt Mama, »da wird er sich nicht so fremd fühlen.«

Sie fahren los. Das Auto ist pickepackevoll. Tikki fährt gerne

Auto. Die Fahrt ist aber nur ganz kurz. Dreimal um die Ecke. Sie stehen vor Oma Irmas Haus. Papa steigt aus und öffnet die hintere Tür. »Na komm, Tikki, raus mit dir!«

»Waaas?«, fragt Leonie.

Mama dreht sich zu ihr um.

»Tikki macht auch Urlaub. Bei Oma Irma. Im Hotel kosten Hunde extra.«

Tikki bleibt bei Leonies Füßen sitzen. Selbst als Papa mit den Leckerli raschelt: Tikki bleibt sitzen.

Leonie steigt aus. Tikki folgt ihr.

»Was machst du da?«, fragt Mama.

»Kinder kosten auch extra«, sagt Leonie, »ich bleibe mit Tikki bei Oma Irma. Ohne ihn fahr ich nirgendwohin.«

Oma Irma ist jetzt auch dazu gekommen.

»Na so was«, sagt sie, »du hast dich doch schon so auf den Urlaub gefreut.«

»Ja«, sagt Leonie, »aber einen Freund lässt man nicht alleine, nur weil man in den Urlaub will!«

»Mh«, sagt Oma Irma zu Mama und Papa, »da hat sie Recht, unsere Leonie. Ich glaube wirklich, ihr müsst euch entscheiden.«

Mama und Papa sehen sich an.

»Entweder hat man einen Hund oder man hat keinen. Das habt ihr selbst gesagt. Und ich hab euch gut zugehört«, sagt Leonie.

»Das stimmt«, sagt Mama.

Und Papa seufzt und nickt: »Na dann.«

Tikki wedelt mit dem Schwanz. Leonie guckt ihre Eltern erwartungsvoll an.

Und beide sagen: »Rein mit euch, ihr zwei. Einen Hund hat man für immer. Davon hat er uns nun deutlich überzeugt.«

Deborah B. Stone

Der Platz auf dem Schoß

Ein Sonnenstrahl kitzelt meine Nase und ich niese.

Mama kichert. »Komm her, meine Süße!«

Ich tapse zum Sofa. Klar, dort wird mich die Sonne nicht stänkern, denn Mama beschützt mich. Sie kann alles. Als ich die Pfoten auf ihre Knie lege und auf ihren Schoß hopsen will, schiebt sie mich zur Seite.

Was soll das jetzt?

Bedauern färbt ihre Stimme. »Hier neben mich, Momo-Schatz.«

Nach kurzem Zögern springe ich auf das Polster. Lange nicht so gemütlich wie Mamas Schoß. Ich stupse sie an, sehe ihr fragend ins Gesicht. Sie seufzt und streichelt meine Ohren. »Na komm, lass uns rausgehen!«

Sofort bin ich auf den Pfoten. Raus, das bedeutet, um den See schnüffeln, auf krumme Bäume klettern und Entenbrot naschen. Ich liebe es, mit Mama unterwegs zu sein! Nur Bahnfahren ist seit einigen Wochen Geschichte, auch die Wege durch die Straßen voll köstlicher Gerüche und allerhand Leckereien auf dem Bordstein haben aufgehört. Das vermisse ich etwas. Dafür muss ich aber nicht mehr ruhig auf meinem Kissen bleiben, wenn andere unser Zimmer, das Mama Büro nennt, betreten. Nein, hier zu Hause darf ich herumlaufen, wie ich will, und jeden an der Tür fröhlich begrüßen. Alles in allem eine gute Veränderung. Ich habe da diesen Trick mit den Augen drauf, den beherrscht selbst Papa nur mäßig. Der hat natürlich auch keine Schlappohren oder so flauschiges Fell wie ich. Wenn ich den Kopf schräg lege und Mama erwartungsvoll ansehe, bekomme ich ganz fix das begehrte Stück Käse, einen Happen von ihrem Brot oder eben den Platz auf ihrem Schoß. Normalerweise. Aber irgendetwas stimmt nicht. Schon seit einer ganzen Weile, wenn ich es recht bedenke. Mamas Geruch ist anders, ihre Stimme und auch ihre Laune. Immer häufiger tropfen salzige Tränen aus ihren Augen in mein Fell. Ihre Zärtlichkeiten sind von einer verzweifelten Heftigkeit. Im nächsten Moment singt sie dann wieder laut und läuft mit mir nach draußen.

Apropos draußen: Der See lockt.

Ich warte ungeduldig, bis Mama sich ihren Fell-Ersatz und ihre Schuhe anzieht. Mein eigenes Winterfell ist prächtig nachgewachsen und hängt mir fast bis über die Augen.

Jeden Tag riecht der gewohnte Weg anders, alles muss geprüft werden. Mama reibt sich fröstelnd die Arme. Trotz der Sonne ist es ein kalter Wintertag, aber sie zieht mich nicht weiter, sondern lässt mir meine Zeit.

Wir verbringen unbeschwerte Stunden im modrigen Laub und der Frostwind zerzaust mir das Fell. Tibetischer Bergsturm braust durch mein Blut, bringt meine Ohren zum Flattern und weht alle sorgenvollen Gedanken davon.

Mama lacht: »Du kleiner Tibet Terrier, dir ist es wohl nie kalt genug.«

Sie knuddelt mich und alles ist gut.

Doch plötzlich ist von einem Moment zum anderen gar nichts mehr gut. Mama krümmt sich, ächzt.

Was ist nur mit ihr? Jemand tut meiner Mama weh! Ich möchte den Angreifer vertreiben, aber ich kann nichts erkennen. Ein hilfloses Winseln entkommt meiner Kehle.

Wir machen kehrt und immer wieder bleibt Mama stehen, um sich an Bäumen und Zäunen festzuhalten. »Alles okay«, murmelt sie und ich bin unsicher: Will sie mich oder sich damit beruhigen? Bei mir klappt es jedenfalls nicht. Eng presse ich mich an sie, möchte ihr Halt geben und suche selbst Schutz vor der unsichtbaren Bedrohung.

Mama kramt mit zitternden Händen ihr Telefon aus der Tasche, tippt darauf herum. »Es ist so weit!«

Als wir am Haus ankommen, steht Papa schon mit einer großen Tasche in der Tür. Er schwitzt heftig und nimmt Mama in den Arm.

Wir verreisen? Jetzt?

Papa schiebt mich in die Wohnung und schließt die Tür. Von außen. Sie fahren weg, ohne mich.

Erst bin ich stumm vor Schreck, dann heule ich. Heule, wie schon meine Urahnen nach ihrer Familie riefen. Ich bin hier. Lasst mich nicht allein.

Eine gefühlte Ewigkeit später öffnet sich die Wohnungstür. Oma kommt. Sie hat Leckerlis dabei, viele duftende Leckerlis. Aber zum allerersten Mal in meinem Leben verspüre ich keinen Appetit. Alles, was ich will, ist meine Mama.

Ich bleibe vor der Tür liegen, warte und warte.

Und dann, als Oma schon alle Lampen angemacht hat, kehrt Mama endlich zurück zu mir. Sie riecht nach Blut und Schweiß, doch sie wirkt erleichtert. Fest nimmt sie mich in den Arm und zupft an meinen Ohren. Trotzdem ist sie nicht ganz bei der Sache, so etwas merke ich genau.

Ich folge ihrer Aufmerksamkeit und wende mich Papa zu. Der

betritt gerade die Wohnung und hält ganz vorsichtig etwas auf dem Arm, das vertraut und zugleich ungewohnt riecht. Ein kleines, müffelndes Bündel, das er Mama reicht. Erst dann zieht er mich zu sich heran. Ist es etwa dieses winzige Ding, um das es die ganze Zeit geht?

Etwas später werkelt Papa in der Küche und Mama ist erschöpft auf den Polstern eingeschlafen.

Und da nutze ich den Moment. Ganz, ganz langsam pirsche ich mich heran. Doch als mir der Geruch in die Nase steigt, vertraut und doch irgendwie – falsch, da gibt es kein Halten mehr. Ich stürze mich auf das kleine Wesen, das mir den Platz auf Mamas Schoß genommen hat.

Große Augen blinzeln mich an.

Ich öffne das Maul. Heftig schlecke ich über das klebrige Gesicht, das schüttere und doch seidige Fell.

Papa flucht, aber ich habe es geschafft! Jetzt riechst du richtig, kleiner Menschen-Welpe. Willkommen in der Familie.

Ich werde dich als große Schwester immer beschützen und Mamas Schoß teile ich auch mit dir.

Robin Bergauf

Alte Liebe

Ralf steht vor Stellas Tür. In Berlin. Im ersten Stock dieses Mietshauses. Alles Mietshäuser hier. Nicht wie zuhause in Köthen. Ralf ist mit irgendeinem Typen und seinem Hund unten durch die Haustür geschlüpft. Dass die hier alle Hunde haben in Berlin! Und jetzt steht er direkt vor der Tür ihrer Wohnung.

Ralf hebt die Hand zum Klingelknopf und lässt sie wieder sinken. Man muss nichts überstürzen. Er schließt die Augen. Nur eine Tür liegt zwischen ihm und Stella. Hinter der Tür ist sie. In ihrer ganzen Pracht. Vielleicht sitzt sie gerade vor dem Computer. Und schaut hinein. Mit ihren Augen. Die sind so grüngrau.

Ralf seufzt und probiert es noch einmal mit dem Anheben der Hand zum Klingelknopf. Es geht noch nicht. Er braucht noch einen Moment Zeit. Er muss noch einmal durchatmen. Es kommt ja nicht alle Tage vor, dass man an einer Tür klingelt. Wer klingelt heute schon noch an Türen? Damals haben sie das ständig gemacht, als noch nicht alle ein Telefon hatten, genau genommen hatte niemand ein Telefon, nur Ärzte, Pfarrer und die Stasi. Man hat einander besucht. Wenn man jemanden sprechen wollte, hat man ihn besucht. Oder sie. Ralf hat viele Freunde besucht. Auch Stella. Ihre Familie wohnte damals in dieser winzigen Neubauwohnung in ihrer kleinen Stadt, und Neubauwohnung bedeutete damals: im Block. Da hatte Stella diesen Hund. Einen Spitz.

Eine Neubauwohnung und ein schwarzer Spitz. Das war die DDR.

Der Spitz war ein seltsames Tier, er ging nur auf Männer los, Frauen ließ er in Ruhe. Er hieß Eberhard. Immer wenn Ralf bei Stella klingelte, kam Eberhard erst einmal zur Tür gerannt, mit einem riesigen Radau kläffte und rumpelte es, dann wurde er weggesperrt, und dann – dann kam Stella zur Tür. Wenn man Glück hatte. Wenn nicht, kam ihre Mutter. Und die hatte immer viel zu erzählen. Sehr viel. Und sie fragte. Nach der Schule, nach seiner Familie, nach allem. Vielleicht war sie bei der Stasi.

Erst der Spitz, dann die Mutter. Es war nicht einfach, zu Stella zu kommen. Aber Ralf hatte es geschafft. Etliche Male. Und sie haben sich draußen getroffen, sind durch den Park gegangen, Hand in Hand. Mit Eberhard. Beim Spazierengehen war alles okay, aber sobald sie in die Nähe von Stellas Block kamen, war es aus. Dann griff Eberhard an. Alle Männer. Auch Ralf. Besonders Ralf. Man musste schnell sein mit Eberhard. Rein in Stellas Zimmer und schnell die Tür zu, das war die Methode. Das mit der eingeklemmten Schnauze war ein Unfall, keine Absicht. Eberhard war hinter ihm her; die spitzen Zähne, Ralf musste sich retten. Und die Klotür von Stellas Familie war eben schneller als Eberhard. Fast.

Nicht dass Eberhard der Grund gewesen wäre für die Trennung. Ralf hat eben fortgemusst. Manchmal muss man das. Und manchmal merkt man erst, was einem gefehlt hat, wenn die erste Ehe kaputtgegangen ist. Und die zweite. Plötzlich weiß man, was wichtig ist im Leben. Es ist ja nicht viel, was ein Mann braucht. Ein Heim, ein Herd, eine Frau, die für dich sorgt. Die dir den Rücken freihält, auf dich eingeht, statt immer nur sich selbst verwirklichen zu wollen oder an dir herumzumeckern. Die sich selbst ändert, statt dich ändern zu wollen. Ein schönes weiches Wesen, das Geborgenheit gibt und nicht dauernd Forderungen stellt.

Er hat sie wiedergefunden. Stella. Ist ja nicht so schwer, eigentlich. Er hat ihre Kontaktdaten herausbekommen. Und sie angerufen. Nach all den Jahren. Zweiunddreißig. Ihre Stimme, mit der leichten Vibration auf der ersten Silbe, und mit dem rollenden R. Das hat Ralf geliebt, das rollende R. Obwohl sie es von ihrer Mutter hatte. Am Telefon hat Stella gesagt: Komm doch mal bei mir vorbei auf einen Kaffee! Das hat sie gesagt, und genau so. Nicht: bei uns. Und auch nicht: Lass uns im Café treffen. Aber nein. Komm doch mal bei mir vorbei auf einen Kaffee.

Sie hat nicht gesagt, ob sie allein lebt. Sie hat Ralf auch nicht nach seinem Familienstand gefragt. Aber er hat natürlich ein wenig geforscht, im Netz. Sie ist sparsam mit ihren Informationen. Einen Mann hat er nirgendwo gefunden, nicht bei Facebook und nicht bei Instagram. Auch Kinder nicht. Nur ein paar Bilder von Eberhard. Dass sie von dem noch Bilder hat! Ob er den Unfall mit der Tür überlebt hat? Ralf weiß es nicht. Er hat sie danach nicht mehr besucht, nach dem Riesenaufstand mit Tierarzt und allem. Aber seine eigene Narbe, die hat er noch. Eberhard hat immer auf den Knöchel gezielt, erst hat er gebellt und dann zugeschnappt. Dieses verdammte spitzzähnige, langhaarige Ungeheuer.

Klar ist das kein Grund, ein Mädchen zu verlassen, so ein Spitz. Hat Ralfs Kumpel gesagt. Aber der hat Eberhard nicht gekannt. Ralf hat Stella ja auch nicht verlassen, streng genommen. Er hat sie nur einfach nicht mehr besucht. Und sie ihn auch nicht mehr.

Und dann geschah halt dies und das in seinem Leben. Eins kam zum anderen. Beruf, Frauen und so weiter. Ralf hat immer darauf geachtet, dass seine Freundinnen keinen Hund hatten. Gebranntes Kind. Gebissener Mann. Nicht, dass Ralf Angst vor Hunden hätte. Aber man muss die Dinge nicht unnötig verkomplizieren. Das Leben ist wirklich schon schwierig genug. Mit Frauen sowieso. Da muss man sich nicht noch obendrein ins Bein beißen lassen. Wenn man es doch von vornherein vermeiden kann.

Aber es hat auch nichts geholfen. Die Frauen sind jetzt trotzdem weg. Obwohl sie hundelos waren.

Und jetzt ist Ralf hier. Bei Stella. Auf den Bildern im Netz sieht sie noch fast so aus wie früher. Tipptopp in Form. Allerdings, man kann ja heute einiges machen mit Fotos. Nun, er wird sehen. Ralf hat sich ja auch ein bisschen verändert. Ein paar Haare weniger vielleicht, dafür ist etwas an Gewichtigkeit dazugekommen. Alles von Vorteil, eigentlich.

Er wird jetzt klingeln.

Gleich.

Stella. Was für eine Frau! Alles dran, äußerlich, genau, wo es sein soll, und genau in der richtigen Weise beweglich. Wie sie so hinter Eberhard hergerannt ist, wenn der im Busch verschwand! Ein herrlicher Anblick, von hinten und auch von vorn. Und was fast noch besser war: Man konnte mit ihr schweigen. Von wegen, die Frauen werden wie ihre Mütter. Nein, nicht Stella. Sie nahm es ihm nicht übel, wenn er seinen inneren Gedanken nachging. Nicht wie seine erste Frau Inga. Reden, reden, reden, das wollte die immerzu. Gefühle, Beziehungen, alles so ein Zeugs. Er hat das nicht ausgehalten. Da kam ihm Kerstin gerade recht. Aber Kerstin war so eine Kritikerin. Ständig hatte sie etwas an ihm herumzumeckern. Beinahe hätte sie Ralf in den Alkoholismus getrieben.

So war Stella nicht. Sie war einfach unabhängiger. Sie hatte ja Eberhard, da wusste sie, wie mit männlichen Wesen zu verfahren ist. Eine erfahrene Frau. Und jetzt ist sie sicherlich noch weiter gereift. Und den Hund wird sie jetzt ja wohl los sein.

Ach, Stella!

Jetzt. Jetzt macht er es. Ralf hebt die Hand und drückt auf den Klingelknopf.

Innen ertönt die Glocke, ein helles Läuten mit einem doppelten Ton. Ein schöner Ton. Sehr weit hinten. Es muss eine Wohnung mit einem langen Flur sein. Ralf rückt sich noch einmal die Schiebermütze zurecht. Er wird sie gleich keck lüften, wenn Stella die Tür öffnet, und sich verbeugen, so wie damals. Ein wenig Herzklopfen hat er schon. Stella. In ihrer Pracht. Nach all den Jahren.

Aber was ist das für ein Geräusch? Hinten in der Wohnung beginnt ein leises Klappern, das sich immer mehr beschleunigt, so, als würde jemand erst langsam, dann schneller mit mehreren Plastikbestecken auf Laminat entlangkratzen. Das Klappern beschleunigt sich weiter und kommt heran, ein tieferes Geräusch mischt sich dazu, als trüge das Besteck ein Gewicht. Näher und näher kommt es der anderen Seite der Tür, schneller und schneller; jetzt klingt es wie Pferdegetrappel, eine Horde Pferde mit tausend kleinen

Krallen, das ergibt keinen Sinn! Als es fast die Tür erreicht haben müsste, hört das Getrappel abrupt auf und weicht einem durchgehenden Schleifgeräusch, ein Schleifen von zehn Plastikbestecken auf Laminat, und dann – ein dumpfer Aufprall. Die Eingangstür vibriert. Gleich wird sie aus den Angeln fliegen. Ralf springt einen Schritt zurück. Was auch immer es ist, was eben gegen die Tür geknallt ist, sammelt sich. Dann beginnt ein akustisches Inferno, ein kreischendes Kläffen, mit einer sich überschlagenden Stimme, abwechselnd im tiefsten Grummeln und im höchsten Falsett, wütend bis zum Exzess.

Ralf zieht den Kopf ein und geht weiter rückwärts, die wackelnde Tür immer im Auge. Hastig wirft er einen Blick ins Treppenhaus. Die Treppe ist noch immer da, offen und einigermaßen beruhigend führen die Stufen nach unten Richtung Haustür.

Der wilde Lärm hinter der Tür wird noch schlimmer. Das Plastikbesteck raspelt jetzt an der Tür; es ist kein Plastikbesteck, es sind messerscharfe Krallen. Als das Ungeheuer hechelnd nach Luft schnappt, kann Ralf hören, wie kleine Holzsplitter von der Tür abgerissen werden.

»Eberhard! Aus, Eberhard!«

Stella. Stellas Stimme! Das rollende R, die feine Vibration auf der ersten Silbe. Aber wieso Eberhard? Ist Eberhard immer noch am Leben? Nach diesem Unfall? Und nach zweiunddreißig Jahren? Die Tür beginnt vor Ralfs Augen zu verschwimmen.

»Stella? Wer hat denn da geklingelt? Hast du jemanden eingeladen?«

Mein Gott. Diese Stimme kennt Ralf doch. Die Fragen auch. Die Mutter! Die Stasi! Panik friert Ralfs Körper und Denken ein. Schritte nähern sich der Tür. Das Kläffen erreicht eine neue Stärke, es klingt jetzt nur noch mörderisch. Ein Superspitz! Ein Millenniums-Riesenmonster! Eberhard 2.0!

Die Klinke wird bewegt. Mit einem gewaltigen Ruck schüttelt Ralf die Lähmung ab und macht einen Satz. Das Getöse hinter ihm verleiht ihm Flügel. Vier Stufen auf einmal nehmend, rast er die Treppe hinunter. Oben geht Stellas Wohnungstür auf. Das Bellen der Bestie im Rücken, hört er Stellas Stimme mit dem rollenden R. »Ruhig, Eberhard, Kleiner. Mit dir sind wir wirklich sicher vor Gefahren.«

Ralf wirft die Haustür hinter sich ins Schloss und rennt los.

Andrea Maluga

Der heimliche Verehrer

Mein Name ist Barry von der Zingerwiesen, notieren Sie sich das in Ihre Journalistenkladde. Barry, nicht Terry. Ja, so ist es richtig. Dolly, um die soll es hier ja gehen, nicht wahr, heißt übrigens nicht nur irgendwie Dolly, sondern mit vollem Namen Dolly von der Rintelbuche, ihre Mutter ist eine derer von Erlenbach, ich darf Bibi zu ihr sagen.

Dort vorn, das ist Dolly, sehen Sie, da im Weizenfeld? Dieser hüpfende Punkt? Ist sie nicht wunderschön? Goldenes Haar, das im Sonnenschein glänzt. Ihr Brustfell liegt in natürlichen Wellen. Ihre Behänge an Beinen und Ohren trägt sie lang, sie sehen aus wie stundenlang gebürstet. Schöne, lange Ohren, wie es sich für einen Cockerspaniel gehört. Manchmal tritt sie im Eifer des Gefechts drauf und bremst sich selbst aus. Aber diese Tollpatschigkeit finde ich sehr liebenswürdig, sie unterstreicht ihre Jugendlichkeit. Ich bin zwar selbst nicht viel älter, aber bei ihrer Leichtigkeit geht mir das Herz auf. Außerdem passt mein schokobraunes Setterfell bestens zu ihr, rein optisch, meine ich natürlich.

Sie ist ein Familienhund, wie man so sagt, wohnt in der Nachbarschaft. Zwei Menschenkinder gehören zu ihr, zwei Mädchen, die jeden Nachmittag nach der Schule mit ihr die Runde gehen. Ich sehe das von der Terrassentür aus, denn sie laufen hinten raus, über die Felder bis zum Wäldchen. Sie bleiben stehen, spielen, lachen, toben. Es gibt ein kleines Zirkusprogramm, Dolly kann auf Kommando Trab oder Galopp laufen oder neben dem Fahrrad her. Manchmal wird sie verkleidet, lässt sich Handschuhe über die Pfoten ziehen oder ein rosa Tüllröckchen um den Bauch. Dafür bekommt sie Leckerlis und mir läuft das Wasser im Mund zusammen. Dolly tollt so gerne zwischen den Mädchen mit den komplizierten Namen. Sie müssen wissen, Menschennamen sind für Hundeohren wie Schall und Rauch. Unsereins erkennt die Zweibeiner meilenweit gegen den Wind am Geruch. Sie stinken nach Zwiebeln, Käse und verschwitztem Turnhemd, da hilft auch keines ihrer Duftwässerchen.

Mein Mensch ist Herr Friedrich, ein pensionierter Gymnasiallehrer. Keine Ahnung, was er da gemacht hat in seinem Gymnasium. Vielleicht Gymnastik? Seine Nase trägt er jedenfalls so hoch, dass ich sie nur bemerke, wenn sie im Herbst zu tropfen beginnt. Dabei riecht er mit dieser Nase nichts, absolut nichts. Weder den Regen des nächsten Tages noch das Auftauchen unangenehmer

Leute. Zum Zeitunglesen muss er eine Art Raschelpapier benutzen, mit dem er mich schon oft maßlos erschreckt hat und das er jeden Tag aus dem Briefkasten holt. Wenn ich Neuigkeiten wissen will, gehe ich von Baum zu Baum und nehme die Nachrichten mit der Nase auf. Oft sind es ja Banalitäten: Wer wie viel Nachwuchs bekommen hat, wer sich mit wem heimlich trifft und solche Sachen. Oder welche Frisur Vivian neuerdings trägt. Vivian ist die Pudeldame aus dem Ortskern. Silberweiß, mit eleganter Haarkrone. Aber im letzten Frühjahr ist sie dem allgemeinen Jugendlichkeitswahn anheimgefallen und hat ihr Haar beim Friseur rosé mit lila Streifen färben lassen. Und im Sommer hellblau. Ich bitte Sie, das ist doch geschmacklos. Gleichzeitig hat das den Gigolo auf den Plan gerufen, solch einen Rüden unidentifizierbarer Rasse. Streunt durchs Dorf, lässt sich von jedermann streicheln und futtert sich durch alle Haushalte. Bei Vivian bleibt er immer besonders lange. Sie hat sogar ihre Spazierroute geändert und ist nicht mehr an unserer Villa vorbeigekommen.

Wenn ich so darüber nachdenke, fällt mir auf, dass Vivians Ohren nicht halb so lang sind wie die von Dolly. Und überhaupt hat Dolly es gar nicht nötig, zum Friseur zu gehen. Wenn sie rennt, sieht sie mit ihrem hellblonden Kopfhaar aus wie ein hübsches Hippiemädchen oder eine verrückte Punklady. Außerdem, wer bin ich denn, jeder hinterherzuhecheln, das macht mein Mensch auch nicht. Das sagt er mir oft und dann setzen wir uns beide ins Wohnzimmer und schauen Trickfilme, bis wir müde werden. Zugegebenermaßen machen wir das jeden Abend so. Anschließend wünschen wir uns gute Nacht und suchen jeder unser Zimmer auf.

Wir haben sowieso einen sehr festen Plan. Das brauchten Mensch und Hund, sagt er. Zum Beispiel: erst die Arbeit, dann das Vergnügen. Morgens machen wir immer zunächst unseren Frühsport im langen Flur, da wirft Herr Friedrich einen gelben Ball und ich tue ihm den Gefallen und bringe den Ball jedes Mal zurück. Ich verstand lange nicht den Sinn, aber ich nehme an, dass dies seine normale Art ist, sich zu bewegen. Danach speisen wir. Er nimmt Toast, Spiegelei, Schinken und Bohnen. Ich das, was übrig bleibt. Zwar ist Herr Friedrich kein Engländer, aber er ist ein Gentleman und die sind international, sagt er, auch wenn sie hier in Ostfriesland selten seien. Das Verlangen nach Tee hätten sie immerhin schon gemeinsam, die Ostfriesen und die Engländer.

Wir hätten gerne einen Butler, vielleicht sogar einen englischen, aber Personal ist heutzutage teuer und unzuverlässig und schnüffelt einem in den privaten Angelegenheiten herum. Wenn Herr Friedrich wüsste, was ich schon alles von ihm erschnüffelt habe. Als er jung war, das muss sehr lange her sein, gab es da nämlich mal ein Mädchen, in das er verschossen war … Doch ich schweife ab. Es ist nie etwas aus den beiden geworden. Vermutlich ist es niemals etwas mit einem Mädchen geworden, so griesgrämig, wie Herr Friedrich sich gibt.

Nach dem Frühstück gehen wir spazieren, wie er es nennt. Was das mit Spatzen zu tun haben soll, ist mir schleierhaft. Damit ich ihm auf der Straße nicht abhandenkomme, fasst er mich immer ganz kurz an meinem Halsband, die Leine benutzt er nie. Es drückt mir fast die Luft ab, aber ich sage nichts. Ein wackerer Irish Setter wie ich kennt keinen Schmerz. Ich darf an einem Baum markieren und an einem weiteren schnuppern, anschließend mein Geschäft verrichten, aber nicht an anderen Hunden schnüffeln. Das mache er ja auch nicht, sagt er. So halte ich mich ebenfalls vornehm zurück.

Nach dem Morgenspaziergang folgt eine gründliche Reinigung meiner Pfoten und meines Fells, bis es wieder glänzt. Dolly liebt das Wasser, sie war sogar schon im Meer baden. Sauberkeit ist sehr wichtig, denn ich darf meinen guten Namen nicht beschmutzen. Weder mit irrem Herumgebelle noch durch Straßenschlamm. Ich bin ja kein x-beliebiger Köter. Anschließend lesen wir, er mit der Nase im Papier und ich in den Zimmerecken unserer Villa. Dort erschnüffle ich Geschichten, die in diesem Hause passiert sind, auch die, bevor Herr Friedrich hier residierte. Da würde Ihre Zeitung explodieren, wenn ich das alles erzählen würde.

So vergehen die Tage, und nachmittags folgt der Höhepunkt: Dolly. Jeden Tag sehe ich sie durchs Fenster, wie sie durch das Weizenfeld hüpft. Sie ist so niedlich klein und ich kann sie nur von Zeit zu Zeit erblicken, wenn sie auf allen vieren emporschnellt, um sich zu orientieren. Das Einzige, was man von ihr sieht, sind ihre hochfliegenden Ohren.

Aber wenn Sie denken, Dolly sei nur ein Schoßhündchen, weit gefehlt! Ihre Stimme ist ungewöhnlich tief und dabei natürlich wohlklingend, sie schreckt damit jeden Streuner ab und ist ihren Menschen ein guter Wachhund. Ich hörte, dass der bissige Ernie, das Meerschweinchen, seine Neugier nicht überlebt hat und auch das Zwergkaninchen Trude nur mit Mühe und Hakenschlagen hinter einem Stapel Kaminholz sein Heil suchen konnte. So eine tapfere Jägerin ist meine Dolly.

Unlängst hatte sie einen roten Schal um den Hals, sie klagte über Halsweh. Eine Angina, die Arme. Wie gerne hätte ich sie besucht und getröstet. Aber die Krankheit schien im Abklingen, sie war guter Dinge, vielleicht etwas ruhiger als sonst. Sehnsucht zerriss mir schier die Brust, ich musste bei ihr sein, mit ihr schnüffeln, unbedingt. Mein Liebesleid war grenzenlos.

Ich schlich ins Erdgeschoss zur Terrassentür, glücklicherweise stand sie offen. Währenddessen döste Herr Friedrich im Lehnstuhl über seinem Papier, ich schob die Tür auf und wirklich, ich war draußen. Ohne Halsband und ohne den Menschen.

Ich stürmte los, Richtung Weizenfeld. Sah Dollys Ohren und ihren wehenden roten Schal. Da kam mir plötzlich Krümel, der schmuddligdunkelgraue Pudel vom Tennisplatzbetreiber, entgegen. Was wollte der denn hier? Grinste der etwa? Ich musste weiter. Dolly, endlich können wir beisammen sein. Meine süße, schöne, liebste, wilde Dolly!

Als ich sie erreichte, war es der Himmel auf Erden. Ihr Geruch, unbeschreiblich. Ihre Augen wie süße, kleine Knöpfchen. Und ihr Fell, zwar mit Kletten übersät, aber weich, so weich, wie man es sich nicht träumen lässt. Und ihre Stimme erst. Sie schnurrte wie ein Kätzchen in mein Ohr, ihre Schlappohren verschlossen mir die Augen. Kurzum, ich war in ihrem Bann. Sie erwiderte mein heißes Begehren.

Hier, sehen Sie, hier sind noch die roten Fusseln von ihrem Schal, ich habe sie aufgehoben. Dabei brauchte ich diesen Beweis unserer Liebe gar nicht. Denn schauen Sie. Ja genau, aus dem Fenster. Dort geht Dolly, meine Dolly, wie jeden Tag spazieren. Gefolgt von ihren beiden Menschenmädchen und zwei Welpenmädchen. Ein schmuddliges dunkelgraues und ein schokoladenbraunes, das mir persönlich besser gefällt. Wenn ich ehrlich bin, platze ich bald vor Stolz. Haben Sie je eine hingebungsvollere Mama gesehen? Wie liebevoll sie sich um die Kleinen kümmert, sie stupst und ihr Fell ordnet. Ich habe das Gefühl, dass sie die Schokoladenbraune mehr mag. Sie nicht auch?

Freunde fürs Leben

»Zastiiiiii!« Bastis Augen leuchteten immer, wenn der beige-weiß-farbene Zwergspitz auf ihn zusprang. Der Junge kniete sich auf den Boden, umarmte und kraulte seinen Freund, sodass der Tierpflegerin Ophelia ganz warm ums Herz wurde. Laut vorheriger Besitzerin, die leider in ein Pflegeheim musste, hieß der Hund anders, aber Basti sprach von Anfang an von seinem Zasti.

Die Zuneigung des Zwergspitzes für den Jungen mit Down-Syndrom war bedingungslos. Die beiden waren unzertrennlich. Immer mittwochs. Sie spielten meist nach ihrem Spaziergang auf der Wiese neben dem Tierheim. Leider war es Ophelia nicht möglich, Zasti in die Familie von Basti abzugeben, weil seine Mutter eine schlimme Hundehaarallergie hatte. Selbst wenn sie ihren Sohn nur an die Tür des Tierheims brachte, nieste sie in kurzen Abständen. Einmal war Zasti zur Begrüßung gekommen, da wurde ihr Hals schon dick und schwoll an. Basti hatte geweint und nicht verstanden, dass Zasti so ein Problem für seine Mutter darstellte.

Diese Lösung war nicht ganz optimal, denn Ophelia musste den Menschen, die einen Hund aus dem Tierheim holen wollten, stets erklären, dass der Zwergspitz nicht zur Vermittlung stand. Die Eltern von Basti hatten eine Patenschaft für das Tier übernommen, denn es war nicht auszudenken, was passieren würde, wenn Basti hier ankam und Zasti plötzlich weg wäre.

Mittlerweile war der Mittwoch sein Lieblingswochentag und er erzählte Ophelia bereits eine Woche zuvor, was er am nächsten Mittwoch mit Zasti alles machen und ihm zeigen wollte. Diesen Mittwoch schaute Ophelia immer wieder auf ihre Uhr. Schon zwanzig Minuten über Bastis Zeit. Er wurde sonst immer pünktlich vorbeigebracht. Wo steckte er heute? Vielleicht hatte sich seine Mutter nach der Arbeit verspätet?

Sie ging an Zastis Hundezwinger vorbei. Der Zwergspitz fixierte sie mit seinem Blick. Fast so, als wolle er sagen: Mach endlich auf, es ist Basti-Zeit!

Wo blieb der Junge? Ob etwas passiert war? Zasti bellte aufgeregt. Ophelia ging zu ihm und versuchte, ihn zu beruhigen. Erfolglos. Ihr Handy klingelte. Eine fremde Nummer erschien am Display. Sie nahm ab. »Ophelia Planetas, Schutztierheim, was kann ich für Sie tun?«

Bastis Mutter war am anderen Ende der Leitung.

Ophelia schluckte. »Was? Ein Verkehrsunfall? Koma? Oh nein!« Die Tierpflegerin blickte traurig auf den Zwergspitz. »Gute Besserung und bitte rufen Sie mich wieder an und erzählen, wie es sich entwickelt.«

Es vergingen viele Wochen, in denen Ophelia nichts hörte. Zasti wurde immer teilnahmsloser, fraß nicht mehr gut. Mittlerweile wartete er jeden Tag auf Basti – und wurde enttäuscht.

»Das kann doch so nicht weitergehen.« Es tat Ophelia für beide unendlich leid. Sie setzte sich im Zwinger neben den Zwergspitz und streichelte ihn. Er sprang auf ihren Schoß, seine Knopfaugen schauten sie unglücklich an.

Ophelia überlegte schon länger, da es gegen jegliche Regeln verstieß, aber sie musste es tun. Entschlossen rief sie Bastis Mutter an. »Hallo, hier ist Ophelia vom Schutztierheim, ich wollte mich nach Basti erkundigen.« Ophelia nickte langsam. »Zustand unverändert, mhh. Wissen Sie, ich habe da eine Idee. Können Sie die Nummer von dem Arzt auf Bastis Station herausfinden?«

Zwei Tage später legte sie Zasti die Leine an. »Wir haben heute eine Mission, mein Lieber, auch wenn Freitag ist.« Der Zwergspitz trottete deprimiert mit hängenden Ohren neben ihr her. Sein tänzelnder Schritt war weg. Er blieb dauernd stehen, Ophelia musste ihn immer wieder motivieren weiterzulaufen. Wie sehr es ihm doch anzumerken war, dass etwas in seinem Leben fehlte.

Auf Bastis Station roch es nach Pfefferminztee. Ophelia nahm den Hund auf ihren Arm und suchte das Schwesternzimmer. Mit einem Mal wurde der Zwergspitz unruhig und kläffte. Sie versuchte, ihn zu beruhigen. Ob er Bastis Anwesenheit spürte?

Eine Schwester kam sofort aus einem der Patientenzimmer. »Sie sind Frau Planetas, richtig?« Ophelia nickte. »Da hat der Chef aber eine schöne Ausnahme gemacht. Wie niedlich!« Die Schwester streichelte den Hund. Dann ging sie vor. »Folgen Sie mir.«

In Bastis Zimmer saßen seine Mutter und sein Vater, der Ophelia bisher unbekannt war. Sie kam gerade noch dazu, »Hallo« zu sagen, dann war der Zwergspitz mit einem kräftigen Beller von ihrem Arm, auf den Boden und über den Schoß von Bastis Vater direkt auf Bastis Bett gesprungen. Dort schnupperte Zasti an den Schläuchen in der Nase seines Freundes und schleckte Teile seines Gesichtes. Bastis Mutter nieste.

»Entschuldigung«, Ophelia versuchte, den Hund etwas zurückzuhalten.

Unter Niesen sagte seine Mutter: »Nein, ist schon gut. Zasti ist sein einziger Freund.«

Bastis Vater nickte, seine Mutter musste sich abwenden, denn sie nieste mittlerweile durchgängig. »Muss, glaube ich, mal raus.« Sie erhob sich.

Zasti bellte noch mal seinen Hallo-Basti-Begrüßungslaut, ein bisschen schriller als beim Hereinkommen. Dieses Mal antwortete sein Freund: Bastis Augenlid zuckte.

»Es bewegt sich was!« Ophelia drückte Bastis Hand vor Erleichterung.

»Der Überwachungsbildschirm zeigt eine Veränderung«, sagte Bastis Vater mit Tränen in den Augen, gerade als seine Frau wieder ins Zimmer kam. Er hielt den Zwergspitz mit etwas Kraft vom Bett fern, solange Bastis Mutter mit ihrem Sohn beschäftigt war. Natürlich waren seine Härchen trotzdem überall auf dem Bett verstreut, aber das war der Mutter gerade egal.

Während Bastis Genesungszeit durfte Ophelia nun einmal die Woche mit Zasti vorbeikommen, der behandelnde Arzt hatte die Erlaubnis erteilt. An diesen Nachmittagen ergaben sich auch viele Gespräche mit Bastis Eltern. Gemeinsam überlegten sie, wie sie den Zwergspitz trotz der Allergie seiner Mutter in die Familie integrieren könnten.

Eines Tages schlug Bastis Vater eine Lösung vor. »Was haltet ihr davon, wenn meine Schwester die Hundebesitzerin wird? Ich habe gestern mit ihr darüber gesprochen. Sie hat zwar keine Hundeerfahrung, aber ist bereit, den Hund bei sich aufzunehmen und sich das nötige Wissen dafür anzueignen. Vielleicht wäre das eine Möglichkeit?«

Basti lächelte und schaute auf seinen Zasti. Der Zwergspitz bellte. Zufrieden nickte Ophelia. »Ich denke, das war ein eindeutiges Ja.«

Frank Lindner

Die Schwanenjägerin vom Briesetal

Es ist noch früh am Morgen, als wir durchs Briesetal wandern. Wir sind seit einer Stunde unterwegs, haben nicht eine Menschenseele getroffen und genießen zu zweit die Stille der Natur. »Komm her, Dicke. Herrchen leint dich ab.« Kaum klickt der Karabiner, schießt Soes Wackelpo davon. Endlich frei. Am Flusslauf entlang, durch feuchte Erlenbrüche, vorbei an einem Teppich aus grün leuchtenden Wasserlinsen, die das Wasser darunter nur erahnen lassen, läuft sie voran. An der Fraßstelle eines Bibers bleibt sie stehen, schnüffelt. Kurz dreht sie sich um, schaut, wo ich bleibe.

Ich muss lächeln. Was würde ich nur ohne dich tun, du zauberhafte Soe Anneliese vom Lucky House of Sweet Bulldoggs. Lucky. Ja, das bin ich. Dieses kleine, quirlige Hundemädchen bringt so viel Freude in mein Leben. Ganz egal, dass wir bei Wind und Wetter vor die Tür müssen. Andere meditieren, ich gehe mit Soe spazieren. Entspannung pur. Nur noch ein paar Meter, ich sehe schon die kleine Brücke über die Briese, dann ist unsere morgendliche Gassirunde für heute beendet. Wie schade. Ein kalter Wind pfeift um meine Ohren, ich ziehe den Schal höher ins Gesicht. Dieses feucht-kalte Januarwetter ist nichts für zarte Gemüter.

»Komm, Rammelkuh. Ab nach Hause. Für heute reicht es.« Ich will gerade über die Brücke abbiegen, da sehe ich an Soes Blick, dass sie damit nicht ganz einverstanden ist. Schwungvoll dreht sie ab und läuft am Holzsteg vorbei nach vorn. Zwanzig Meter, dreißig Meter, fünfzig Meter.

»Soe, nein! Komm!«, versuche ich sie zur Umkehr zu bewegen. Gut erzogen dreht sie um und läuft im Sprint zu mir zurück.

»Super! Toll gemacht!« Ich will sie mit einem Leckerli für ihre Treue belohnen, doch sie schießt wie ein Blitz an mir vorbei auf die

Brücke. Wie angewurzelt bleibt meine gutmütige, sonst so gechillte Bullidame stehen, positioniert sich breitbeinig und knurrend. Was ist nur mit ihr los? Ich schaue mich um und sehe vor uns im Wasser eine Schwanenfamilie mit zwei Jungtieren. Wie hübsch. »Das sind nur Schwäne, Dicke.« Gleichzeitig beschwichtige ich die Schwäne. »Die tut euch nichts!«

Doch weder die Schwäne noch Soe zeigen sich beeindruckt.

Die Elterntiere blasen sich beim Anblick der knurrenden Hündin auf und zischen bedrohlich. Soe bellt und läuft auf der Brücke aufgeregt hin und her. Ich bin mir nicht sicher, um wen ich mir gerade mehr Sorgen mache, um die Schwäne oder um meinen Hund. Spielt hier bloß nicht die Helden!, denke ich. Als ich Soe anhängen will, tritt die Schwanenfamilie den geordneten Rückzug an. Puh! Das war knapp. So viel Aufregung am Morgen tut mir nicht gut. Ich bin nicht mehr der Jüngste.

Plötzlich macht es »Platsch«! Soe hat sich – eigenverantwortlich, wie sich das für eine stolze Englische Bulldogge gehört – entschieden, den Schwanen-Rücktritt zu begleiten. Mit einem Kopfsprung gleitet sie in die Briese. Kann sie überhaupt schwimmen? Mir läuft es eiskalt den Rücken herunter, mein Herz und mein Hirn scheinen eine Pause zu machen. Standby! Nichts geht mehr. Ich renne seitlich am Ufer neben ihr her, sehe sie auftauchen. Mit aller Kraft versucht sie, im morastigen Wasser an die Schwäne heranzukommen. Sie lebt! Und sie schwimmt! Ich bin beeindruckt und verunsichert zugleich. Wie lange wird sich so ein kleiner runder Körper mit schwerem Kopf und ohne steuernden Schwanz über Wasser halten können? Doch Soe hat nur eins im Sinn: ab zu den Schwänen! Mittlerweile ist sie circa zehn Meter von mir entfernt. Mein Herzschlag stolpert aufgeregt, beschleunigt sich und mir wird übel.

Die Schwaneneltern hingegen scheinen ruhig und besonnen. Erkenne ich da ein Lächeln ihrer Schnäbel? Haben sie erkannt, dass von dieser schwimmenden Rumbakugel keine Gefahr auszugehen scheint? Doch wie komme ich jetzt zu Soe? Oder sie zurück zu mir?»Soe, komm! Aber schnell, meine Dicke. Komm zu Papa!«

Doch Soe ist nach wie vor im Verfolgungsmodus. Aufgeben kommt für sie nicht in Frage. Mit einer Art Schwimmtauchen bewegt sie sich stoisch nach vorn. Sie hat den Auftrieb einer nassen Bahnschwelle. Das geht schief!

Wie angestochen renne ich von einer Seite der Briese über die Brücke zur anderen, überlege, von wo sich die Flüchtige besser verfolgen lässt, entscheide mich schließlich für die Seite, auf der ich dem Ufer durch viel Morast, Schilf und Schlamm am nächsten komme.

Soe wird langsamer, taucht immer wieder ab, lange wird sie das nicht mehr durchhalten.

»Komm, komm her. Bitte!« Ich flehe sie an, doch das Wasser in ihren Ohren lässt meine Rufe wohl im Nichts verhallen. Ich muss sie da rausholen. Keine Ahnung, wie viel Zeit vergangen ist. Für mich eine gefühlte Ewigkeit. Ich bin um mindestens zehn Jahre gealtert, meine Nerven liegen blank. Aber ich werde es tun müssen. Ich muss meine geliebte Soe retten. Außerdem ist mir durch die ganze Rennerei eh schon viel zu warm.

»Soe, warte, ich komme. Ich rette dich. Halte durch!«

Ich kämpfe mich durch Schilf und Schlamm; bereit, mich wagemutig in die Fluten der Briese zu stürzen, setze den ersten Fuß ins morastige Wasser, da passiert es. Soe erkennt mich, macht sich wahrscheinlich Sorgen um meine Schwimmfähigkeit oder meine Gesundheit und dreht in meine Richtung ab. Mit letzter Kraft erreicht sie mich, ich packe sie am Geschirr und ziehe sie ans Ufer.

Gerettet! Erleichtert nehme ich sie in meine Arme und spüre ein zitterndes, schwaches Fellbündel. Verdammt, wir müssen zurück zum Auto. Immer noch sind keine Menschen in der Nähe, die mir helfen könnten. Wahrscheinlich habe ich sowieso jeden durch mein panisches Rufen verschreckt. Dabei könnte ich Hilfe jetzt dringend gebrauchen. Soe ist so geschwächt, dass sie die Strecke zum Auto nicht mehr allein laufen kann. Und obwohl ich merke, wie auch mir die letzte Kraft aus den Gliedern weicht, packe ich das braunschwarzmoddrige »Leichtgewicht« und schleppe uns zum Parkplatz.

Völlig entkräftet schaffen wir es nach Hause und in die rettende warme Badewanne. Nacheinander, versteht sich. Und wer zuerst dick eingemummelt vor dem Kamin gelandet ist, brauche ich sicher nicht zu erwähnen.

Soes Träume werden immer wieder von einem kurzen kläffigen Bellen unterbrochen. Ich denke, ihr wisst alle, wovon sie träumte: Wie ich mein Herrchen aus den Fluten rettete!

Seitdem habe ich sie in Gewässernähe bis zur Geflügelentwarnung an der Leine und ich habe immer Wechselsachen für Herrchen und Hund im Auto. Man kann ja nie wissen!

Mila J. Dragar

Margaretes Sonnenschein

Brendan kann mit dem Sonnenschein heute nicht so viel anfangen. Er hat zugenommen. Das sollte ihm egal sein, aber das ist es nicht. Allen anderen sollte es zumindest egal sein. Aber das ist es auch nicht. Er ist im Park unter Leuten. Natürlich ist es ihnen gewissermaßen egal, aber sie bemerken es.

An einer Parkbank sieht er einen kleinen Mops stehen. Brendan würde gar nicht auf die Idee kommen festzustellen, dass der Mops dick ist, hätte er ihn nicht genau in dem Moment gesehen, als er den Gedanken über sein eigenes Gewicht hatte. Es ist schließlich ein Mops. Was soll's, wenn er pummelig ist, mopsig, sagt man doch, na also, das Adjektiv zu diesem Wesen bedeutet dick und unförmig, aber niedlich; es ist ein niedliches Wort, niemand würde es verurteilen.

Wenn die Welt mit diesen Augen auf Brendan schauen würde! Vielleicht ist er im Inneren ein Mops, wo er schon den Wunsch verspürt, mopsig sein zu dürfen. Und vielleicht ist er nur aus diesem Grund ewig einsam. Welche Frau will schon mit einem Mops zusammen sein?

Der andere dicke Mops am Ende der Bank schaut Brendan an. Er muss wohl bemerkt haben, dass er angestarrt wird, und streckt konzentriert seine Nase in die Luft, um die Düfte in einem Radius von mindestens drei Häuserblocks zu erfassen. Zumindest stellt sich das Brendan so vor, Hunde sollen doch solch einen guten Geruchssinn haben. Bei der Art, wie der Mops seine Schnauze hält, will er sicher auch Brendans Geruch erfassen. Wonach er wohl riecht? Zuletzt geduscht hat er heute Morgen. Und dann hat er einen halben Laib Roggenbrot mit veganem Linsenaufstrich gegessen. Eigentlich wollte er gesund frühstücken, hat er bestimmt auch, aber die Menge stimmte nicht, es war zu viel. Darum wollte er spazieren gehen und sich zumindest bewegen. Das kann der Mops bestimmt alles riechen. Das Schuldgefühl und das Roggenbrot und den Schweiß vom Spazieren in der Sonne.

Von der Parkbank neben dem Mops ist jetzt eine Frau aufgestanden. Sie sieht müde aus. Und sie hält eine Leine in der Hand. Natürlich, sie muss das Frauchen sein, und auch sie starrt auf Brendan. Weil er aufgehört hat zu spazieren und stehen geblieben ist, ohne es zu merken, und jetzt mitten im Park steht und die beiden anstarrt. Die wissen ja nicht, dass er sich Gedanken macht, die sehen nur einen mopsigen Typen auf dem Gehweg stehen und ebenso neugierig schauen, wie der Mops schnüffelt. Mit dem Unterschied, dass der Mops sich nicht fragt, ob das unangebracht sein könnte. Brendan schon, er findet sich auffällig. In dieser Hinsicht ist er wohl noch nicht ganz Mops, obwohl er sich bemühen will, mehr Mops zu sein, seinen inneren Mops zu kanalisieren und schamlos anzustarren, was er anstarren will.

Das Frauchen lächelt verlegen. Brendan lächelt auch. Und der Mops aktiviert seinen Schwanzpropeller und stößt aufgeregt in Brendans Richtung vor, allerdings kommt er nicht weit, weil er bei seinem Frauchen an der Leine hängt. Der Schwanz wedelt trotzdem. Was ihn wohl dazu treibt? Vielleicht hat er Brendans inneren Mops wahrgenommen. Oder er ist ein Schuldgefühl-, Roggenbrot- und schweiß-affiner Mops?

Brendan geht auf die beiden zu. Sein innerer Mops hängt nicht an der Leine, kann hinlaufen, wo er will, und Wildfremde ansprechen. »Einen süßen Mops haben Sie da«, sagt er.

Die Frau lächelt immer noch. Brendan auch. Aus dem Lächeln wächst ein verlegenes Lachen. Dabei weiß er gar nicht, worüber sie lachen. Vielleicht über den Sonnenschein, mit dem nichts anzufangen ist. Oder über den Mops, der an Brendan hochspringen will, aber wegen der Leine nicht kann.

Brendan hockt sich zu ihm hinunter und der Mops springt mit offener Schnauze voraus genau in sein Gesicht. Ein dumpfer, feuchter Schlag. Und so schnell, wie das geht, steht Brendan auch schon wieder. Er ist ein wenig erschrocken.

»Was er wohl vorhatte?«, fragt Brendan und meint damit den tollpatschigen Sprung des Mopses in sein Gesicht. Brendan lacht immer noch, genauso das Frauchen. Es ist schon ein wenig albern, wie sie ununterbrochen lachen, aber sie können einfach nicht anders, denn es ist so ein komischer Tag heute mit dem Sonnenschein, der gar nicht zu der Stimmung passt, wenn man zugenommen hat.

»Das macht Margarete bei mir auch immer«, sagt die Frau und die kleinen Fältchen um ihre Augen vertiefen sich. »Aber nicht bei jedem. Sie sucht sich die Gesichter sehr genau aus, in die sie reinspringt.«

»Also hat mein Gesicht den Test bestanden.«

»Ihr Gesicht lässt keine Wünsche offen.«

»Ihres auch nicht.« Brendan beobachtet einen Augenblick die Schönheit der verlegenen Mimik und deutet dann auf die Mopsdame.

Schüchternes Kichern auf beiden Seiten mischt sich in das Lachen. Es tut gut. Auch der Frau. Denn hinter ihrem Lachen und in ihren Augen ist genauso das Unverständnis über den Sonnenschein, das kann Brendan deutlich erkennen. An ihrem Gewicht wird es nicht liegen. Aber es gibt ja so viele andere Gründe.

Brendan hockt sich wieder zu der Mopsdame hin. Sie springt nicht mehr, aber hält mit großer Spannung gegen die immer noch straffe Leine. Brendan beginnt hin und her zu zappeln, nicht viel, nur ein bisschen albern, ein kleines Hüpfen als der aufgeregte Mops, der er ist. Das Lachen des Frauchens ist nun so laut, dass es den allgemeinen Geräuschpegel des Parks übertönen muss. Brendan holt aus, um der Mopsdame nun auch mit geöffnetem Mund in ihr Gesicht zu springen und ihr zu beweisen, dass er ihre Freude erwidert. Aber ehe er die Mopsdame mit seinem beherzten Sprung erreichen kann, weicht sie irritiert zurück.

»Ich dachte, so macht man das unter Möpsen«, sagt Brendan zum Frauchen. Sie ist inzwischen ganz ausgelassen vom vielen Lachen. Für einen glücklichen Seufzer legt sie den Kopf in den Nacken. Auf ihrem Hals zeichnet sich ein fein gemusterter Schatten ab. Sie schüttelt den Kopf. Liebevoll. Als habe sie dem Tag seinen Sonnenschein verziehen.

Brendan streckt seine Hand der Mopsdame entgegen, diesmal langsam und vorsichtig, er will ihr nur über den Kopf streicheln. Sie weicht zurück, ist misstrauisch geworden, beobachtet genau, ob seine Bewegungen in der ruhigen Bedächtigkeit bleiben, mit der er sich nähern will. Er darf. Er soll die richtige Stelle kraulen, die ihm die Mopsdame hinschiebt, weil sie sie offenbar nicht von alleine findet. Ihr Kopf liegt nun verdreht in Brendans Hand, während seine Finger den Hals kraulen. Winzig sieht der Mopskopf aus oder Brendans Hand gewaltig groß, wie man es nimmt. Brendan neigt sich vor und gibt der Mopsdame einen Kuss, mitten auf die Stirn neben seinem Handballen. »Das hast du wohl gemeint«, flüstert er ihr zu. Dann richtet er sich wieder auf und wendet sich an das Frauchen. Sie strahlt so sehr, dass sie den Sonnenschein in den Schatten stellt.

»Ich bin Brendan.« Er streckt seine Hand aus.

»Ana.« Sie nimmt seine Hand an.

»Ist heute nicht ein komisches Wetter?«, sagt Brendan.

»Es fühlt sich an, als ob es regnen müsste.«

»Genau das meine ich.«

»Tatsächlich?«

»Wo doch das Wetter normalerweise nicht unerwartet ist.«

»Aber heute schon.«

»Heute schon«, sagt Brendan. Jetzt lächeln sie schon wieder. Vielleicht haben sie ununterbrochen gelächelt, aber nicht mehr darauf geachtet.

»Es ist gar nicht so schlecht«, fährt Ana fort, »dass die Sonne scheint, denn darum habe ich mit Margarete heute die große Runde genommen. Die machen wir bei Sonnenschein. Wenn es geregnet hätte, so, wie es eigentlich sollte, hätten wir die kleine Runde gemacht.«

»Soso«, sagt Brendan und nickt. Er ist mit einem Mal ernster geworden und fragt sich, warum er sich heute Morgen doch gleich über den Sonnenschein gewundert hatte.

»Darf ich euch ein Stück bei eurer Runde begleiten?«, fragt er.

Ana nickt. Sie zögert keinen Moment. Auch sie ist ernst geworden. Das Nachdenkliche in ihren Augen ist für einen Moment hervorgetreten, dann ist es wieder hinter ihrem Strahlen verschwunden. Was es wohl bei ihr sein mag, das sich vor der eindringlichen Sonne versteckt?

Eines Tages wird Brendan es erfahren, genauso, wie Ana es von ihm erfahren wird. Aber bis dahin ist noch Zeit.

Nur wenige Wochen nach Margaretes und Brendans erstem Kuss werden auch Brendan und Ana den ihren haben. An dem Tag wird es regnen. Aber nicht heute. Heute scheint die Sonne für Margarete.

Nicole Pfeiffer

Das hat sie ja noch nie gemacht

»Ich habe eine Überraschung für euch. Das wird euch gefallen.« Voller Vorfreude tippelt meine Freundin vor mir auf und ab. Ihr Körper ist gespannt, die Handflächen reiben sich erwartungsvoll aneinander. Es muss raus. Jetzt!

Ich mag Überraschungen. Nein, eher Geschenke. Aber vielleicht ist die Überraschung ja ein Geschenk? Ermunternd nicke ich ihr zu und lächle.

»Ihr seid für Samstag angemeldet.«

Samstag?, denke ich. Jetzt wird's gefährlich. Da ist der vorletzte Bundesligaspieltag. Ich habe mir schon mein Sky-Ticket geholt. Zum Glück kann sie keine Gedanken lesen. Oder doch?

»Passt dir das nicht, Schatz?«

Was hat mich verraten?

»14 bis 15 Uhr, Liebling. Die Welpenspielstunde! Habe ich dir doch erzählt!«

»Welpenspielstunde?«

Sie holt tief Luft. »Jetzt sag nicht, du hast das vergessen!«

Ja. Irgendwann hatten wir mal darüber gesprochen. Gesprochen! Nicht beschlossen! Und schon gar nicht, dass ich da allein hin soll.

»Ja, klar. Aber ist das schon diese Woche? Du hast doch Samstag gar keine Zeit?«

»Na, das sag ich doch gerade. Ihr geht zu zweit. Minzi und du. Das ist wichtig für die Bindung. Ihr habt doch eh nur so wenig gemeinsame Zeit. Das wird bestimmt lustig.« Freudig erregt klatscht sie in ihre Hände und sprudelt weiter.

»Ich habe mit einer Jurica telefoniert. Sie klingt nett.«

Hat sie gerade Jurica gesagt? Das klingt wie eine testosterongesteuerte russische Kugelstoßerin.

»Was guckst du denn so? Passt es dir nicht? Dann sag es!« Ihre Augenbrauen ziehen sich zusammen und eröffnen den Blick in die Tiefen einer senkrechten Zornesfalte.

»Nein, schon ok, Hase.« Ich habe ja eh keine Chance. »Ist ja auch schon gebucht.« Genau wie mein SKY-Ticket. Letzteres behalte ich lieber für mich.

Und da ist er nun, der große Tag. Minzi und ich zum ersten Mal auf dem Hundeplatz. Ich bin 20 Minuten zu früh und erlebe, wie Klein-Gonzo, ein Ridgeback-Sennen-Mix, alle über den Haufen rennt. Hunde und Menschen. Keiner kann das Energiebündel bremsen. Ist das wirklich ein Junghund? Der wiegt doch mindestens schon 20 Kilo. Ich muss lächeln, als sein Besitzer ohne Erfolg versucht ihn zu bändigen. Auch der Hundetrainerin gelingt es nicht. So ist das, wenn man seinen Hund nicht im Griff hat. Hätten die mal mehr geübt.

Die Trainerin sieht uns, erkennt uns als Neulinge und stürmt auf uns zu. »Links!«

Ich schaue sie fragend an.

»Der Hund läuft links! Wir sind ein Hundesportverein. Hier herrscht Zucht und Ordnung!«

Ja, nee, is klar!, denke ich. Habe ich gerade gesehen.

Sie reicht mir die Hand. »Ich bin Jurica.«

Und jetzt stehe ich hier mit den anderen Herrchen und Frauchen und zwölf Welpen. Bereit zum Gefecht. Zunächst läuft alles gut. Leinenführigkeit, im Slalom um die Stangen, Sitz und Platz. Minzi ist eine Musterschülerin und ich bin mächtig stolz. Dann endlich ableinen zum Spielen. Gemeinsam toben die Welpen über den Rasen. Mein Herz geht auf. Was habe ich für einen tollen Hund!

Ein Pfiff und alle stehen stramm. Feldwebel Jurica ruft zur nächsten Übung. Also müssen alle Welpen zurück an die Leine.

»Minzi!«

Nichts!

»Minzi, komm!«

Sie hebt kurz den Kopf, aber bewegt sich keinen Meter. Die anderen schauen schon. »Minzi, mein Mäuschen. Komm!« Endlich bewegt sie sich, rennt Gott sei Dank freudig im Sprint auf mich zu – und schießt wie eine Rakete an mir vorbei. Ich sehe den Mann neben mir heimlich lächeln.

»Minzi! Halt!« Ich laufe ihr nach und werde unerwartet kraftvoll an der Schulter zurückgehalten.

»Nein! Stopp! Sie werden Ihrem Hund nicht nachlaufen. So was gibt es hier nicht!«

Also gehorche ich und warte, während Jurica Minzi zurück an die Leine befördert.

Die anderen Welpenbesitzer schmunzeln. Mit hängenden Schultern und gesenktem Blick versuche ich meine innere Mitte wiederzufinden. Das kann man nicht mehr toppen. Oder doch?

Wie durch Watte höre ich Juricas Worte: »Planänderung. Aus gegebenem Anlass machen wir jetzt eine Rückrufübung!«

Na toll! Bin ich, sind wir der Anlass für diese Übung? Wer sonst! Ich möchte im Boden versinken. Mit niedergeschlagenen Augen und leiser Stimme versuche ich Minzi durch die abgesperrte Reihe zu führen.

»Jetzt setzen lassen und ableinen! Dann gehen Sie zurück und rufen sie!«

Ich ahne Schlimmes!

»Überraschung! Wir sind zurück«, rufe ich übertrieben euphorisch, als ich Minzi durch die Wohnungstür in den Flur schiebe. Endlich zu Hause! Auf keinen Fall werde ich die überstandene Schmach zugeben. Auf gar keinen Fall!

Es bleibt ruhig. Keine Antwort. Wir sind allein. Allein in der Hundeschule. Allein zu Hause. Allein auf der Welt. Wie traurig. Ich bin am Boden, muss eine krasse Niederlage verarbeiten, und keiner ist da, der mich auffängt in meiner Enttäuschung und meinem Frust.

Okay. Erst einmal tief durchatmen. Es hat auch sein Gutes. So kann ich mir in Ruhe überlegen, was ich später zum Besten geben werde. Und was ich lieber weglasse. Mit Schuhen und Jacke lasse ich mich auf die Couch fallen. Auch Minzi, die beim missglückten Rückruf auf dem Hundeplatz noch eine Extrarunde durch die Bademuschel gedreht und sich anschließend genüsslich im Sand gewälzt hat, lässt sich nass und müde auf die Couch fallen. Wenn das Frauchen sehen könnte! Dreckige Schuhe, dreckiger Terrier. Aber wie heißt es so schön: Nur ein schmutziger Hund ist ein glücklicher Hund.

»Runter, Mäuschen«, versuche ich es mit sanfter Gegenwehr. Ohne Erfolg. Minzi gähnt und fällt zur Seite. Erschöpft, aber glücklich! Erschöpft bin ich auch, von glücklich jedoch weit entfernt. Ich habe versagt!

Während ich Minzis Fell streichele, dreht das Gedankenkarussell unaufhörlich seine Runden: Links! Der Hund läuft links! Wir sind ein Hundesportverein, hier herrscht Zucht und Ordnung! Sie werden Ihrem Hund nicht nachlaufen! Aus gegebenem Anlass machen wir jetzt eine Rückrufübung! Apropos Rückrufübung. Minzi muss meine Gedanken gelesen haben. Interessiert schaut sie mich an und brummt. So, als wolle sie mir sagen: Sag, was ich machen soll, Herrchen. Ich bin bereit. Zu jeder Tages- und Nachtzeit! Es folgt ein leichtes Wohlgefühlknurren: Nur ruf mich nicht zurück, wenn ich gerade spiele oder etwas Spannendes entdeckt habe!

Ich muss schmunzeln. Minzi hat sich heldenhaft geschlagen. An meiner und unserer gemeinsamen Performance müssen wir noch etwas arbeiten. Sanft kuschelt sie sich an mich, streckt ihre Glieder und stößt einen Seufzer aus. Fast könnte ich vergessen, dass sie mich heute bis auf die Knochen blamiert hat. Mein »Eigentlich kann sie das alles« entlockte dem Kugelstoßerdouble Jurica nur ein müdes Lächeln. Sie feuerte mir ein »Das sagen alle! Ihre Stimme ist viel zu leise! Geben Sie klare und präzise Kommandos! Laut und knackig!« entgegen.

»Jawoll, Herr, äh, Frau Kommandant!«, wollte ich sagen. Geworden ist es nur ein ehrfürchtiges Nicken.

Die weiß, was sie will.

Und Minzi weiß, was sie nicht will.

So ist das mit den Frauen!

Ich muss mich ablenken. Nur wie? Das Hundeplatzdesaster lauert hinter jeder Ecke und demütigt mein angekratztes Ego. Da helfen nur noch ein Bier und die Playstation, um auf andere Gedanken zu kommen. Ich hole mir ein Heineken aus dem Kühlschrank, dimme das Licht, starte die Konsole. »Pieps!« Jetzt wird alles gut.

Da klingelt mein Telefon. HASE leuchtet auf dem Display. Jetzt nicht ranzugehen, wäre fatal, um nicht zu sagen tödlich. »Ja?«, versuche ich es übertrieben fröhlich.

»Ich bin's Schatz. Hat alles geklappt auf dem Hundeplatz?«

Ich atme kurz durch, und dann … »Es war fantastisch, Hase. Jurica hat mir eine Zehnerkarte verkauft und nächste Woche bist du dran. Ich bin da leider mit Frank im Stadion.«

Ein Lächeln zaubert sich in mein Gesicht und plötzlich ist alles gar nicht mehr so schlimm.

Der Kleene

Jeden Abend bereitet Elfriede sich aufs Sterben vor, denn ab neunzig sollte man vorbereitet sein, findet sie. Das tut sie nun schon seit fünf Jahren, auch wenn sie noch alle Sinne beisammen und die meisten Körperteile unter Kontrolle hat. Aber das kann sich natürlich ganz plötzlich ändern und dann stehen die Angehörigen da und wissen nicht, was sie tun sollen. Das hat Elfriede schon oft beobachtet. Sie faltet also allabendlich ihre Kleidung ordentlich in eine Box. So müssen ihre Angehörigen nur die Kiste entsorgen, sollte sie am nächsten Morgen nicht mehr erwachen.

Neben ihrer Kleiderbox hat sie auch andere Kästen. Einen für Badezimmerartikel, einen mit einer Tischdecke und einer Blumenvase, falls Gäste kommen. In ihrem Schrank stehen nur noch zwei Bücher. Eins mit Kurzgeschichten, denn im Falle ihres Todes möchte sie nicht gern halb gelesene Erzählungen zurücklassen, und ihr Lieblingsbuch »Rayuela«. Sie hat es schon oft gelesen und nicht verstanden. Deswegen mag sie es. Außerdem liebt sie daran, dass die Unvollkommenheit Teil des Leseerlebnisses ist. Weil das Gefühl der Ungewissheit sich von Anfang bis Ende durchzieht, geht es ihr an jeder Stelle des Buches wie am Ende. Wenn Elfriede jetzt stürbe, würde sie nichts offenlassen. Sie hat alles geklärt. Ihr Abschiedsbrief liegt bereit. In dem Umschlag befindet sich auch noch ein Schlüssel zu einem Bankschließfach. Dort lagern die Papiere, die ihren Nachlass und ihre Beerdigung klären: Kostenvoranschläge des Beerdigungsinstituts und des Cafés in Friedhofsnähe für den Leichenschmaus sowie der nötige Geldbetrag in bar.

Abends wäscht sie ihre Strümpfe und Unterwäsche mit der Hand und hängt sie im Badezimmer auf. Dann geht sie ins Bett, küsst das eingerahmte Foto auf ihrem Nachttisch und macht das Licht aus. Das Bild stammt aus ihrer glücklichsten Zeit. Auch wenn sie sich damals bei all den Alltagssorgen darüber nicht bewusst war. Es zeigt sie mit ihren drei Kindern Sven, Kathleen und Rudi, ihrem Mann Dietrich, Gott hab ihn selig, und Cookie, Dietrichs Blindenführhündin, extrem gutmütig und immer dabei.

Jeden Morgen, wenn es das Wetter zulässt, sitzt Elfriede auf der Terrasse ihrer kleinen Erdgeschosswohnung. Beim Frühstück sinnt sie über den Tag nach. Meist erledigt sie einen Anruf bei einem ihrer Kinder oder Enkel, damit diese sich nicht schlecht fühlen, wenn Elfriede plötzlich nicht mehr da ist. Immer bei jemand anderem, um nicht zur Last zu fallen. Nach dem Mittag geht sie spazieren und im Anschluss sitzt sie wieder auf der Terrasse, sieht die Menschen vorbeilaufen oder liest in ihrem Lieblingsbuch. Das Buch ist nichts für den Abend. Das desorientierte düstere Gefühl quetscht sich durch Wörter und Sprachen, die sie nicht vollständig versteht, nicht greifen kann. Daher sind abends die Kurzgeschichten dran.

An einem warmen Frühsommermorgen sitzt Elfriede mit einem Schinkenbrot auf der Terrasse und schaut den Spatzen zu, wie sie die Frühstückskrümel vom Boden aufpicken. Sie nisten in der Heckenbegrenzung, die Elfriedes Terrasse von der vorgelagerten Rasenfläche trennt. Gut, dass die Terrasse nicht unmittelbar an den Gehweg grenzt, denkt sie. So sitzen ihr die Fußgänger nicht gleich auf dem Schoß.

»Ob ich meinen Urnenschmuck der Jahreszeit anpassen sollte? Am besten ich rufe noch einmal den Bestatter an.« Als sie aufsteht, um das Telefon zu holen, stieben die Spatzen davon. Durch die Hecke streckt ein schwarzes Tier seinen faustgroßen haarigen Kopf. »Huch!« Elfriede fährt zusammen. Das Schinkenbrot fällt ihr aus der Hand und landet glücklicherweise auf dem Teller.

Der Hund stellt seine Ohren auf, die etwa genauso groß sind wie sein Kopf. Er schaut Elfriede mit glänzenden Knopfaugen an, runzelt die Stirn.

»Ja, wer bist du denn?« Elfriedes Stimme klingt belegt und kratzig. Das letzte Mal hatte sie gesprochen, als sie ihren Sohn anrief. Eine zähflüssige Wärme entsteht in Elfriedes Herzen und breitet sich in ihrer Brust aus. Sie lächelt.

Der Tierkopf verschwindet wieder hinter der Hecke.

Die Wärme in Elfriedes Brust zieht sich auf Faustgröße zusammen. »Na komm, mein Kleener!« Als der Kopf wieder zwischen den Blättern erscheint, pumpt Elfriedes Herz kräftig und ihre knitterigen Wangen werden rosig. Der Hund huscht nach vorn, bleibt stehen. Die schwarze Rute, schmal wie ein Rattenschwänzchen, wedelt hin und her. Erst taxierend, dann schnell. Mit einem Satz ist er bei Elfriede und schnüffelt an ihren nackten Zehen, die aus den Sandalen hervorgucken. Die feuchte Nase kitzelt auf ihrer Haut. Sie lacht: »Ja hallo! Du bist ja freundlich. Hallo!« Bei jedem Hallo hüpft der kleine Hund ein bisschen, entfernt sich wieder und kommt dann schwanzwedelnd auf sie zugesprungen. Das gefällt Elfriede, also sagt sie noch einige Male: »Hallo.« Bei jedem Schwanzwedeln breitet sich die Honigwärme weiter in ihrem Körper aus. Bis selbst ihre Fingerspitzen warm und belebt sind. Dann lehnt Elfriede sich erschöpft zurück.

Der Hund setzt sich vor sie und sieht sie mit seinen schwarzen Augen an, die immer größer und runder werden. Seine spitzen Ohren hat er aufgestellt. Er gibt einen prägnanten Winselton von sich. Ein Halsband aus geschmeidigem hellblauem Leder liegt wie ein Schmuckstück um seinen Hals, aber eine Steuermarke hängt nicht dran. Wäre wahrscheinlich zu schwer für dieses zarte Tier.

»Ja, was möchtest du denn, mein Kleener?«

Der Kleene lässt sie nicht aus den Augen. Die Brust stolz nach vorn gestreckt, die schlanken langen Vorderbeine stehen elegant vor ihm. Und wieder hört Elfriede dieses fordernde Winseln.

»Ich habe nichts für dich, Kleener.« Nach kurzem Überlegen fügt sie hinzu: »Doch, warte. Magst du das hier?« Dabei nimmt sie den Schinken von ihrem Brötchen und hebt ihn hoch.

Der Vierbeiner wackelt mit dem Schwänzchen. Sämtliche Muskeln des kleinen Körpers sind angespannt. Er lässt den Schinken nicht aus den Augen.

»Dann sollst du ihn haben, du Süßer!« Sie wirft ihm den Brotbelag vor die Füße. Er schnappt ihn und schleppt ihn ans andere Ende der Terrasse, wo er sich darüber hermacht. Dann kommt er zurück, stellt die Vorderbeine auf Elfriedes Schoß und sieht ihr wieder tief in die Augen.

»Ich habe keinen Schinken mehr.«

Er schnüffelt an ihr und leckt an ihren Fingern.

Ein Pfiff ertönt.

Der Hund dreht die Ohren Richtung Straße, dann sieht er Elfriede an, als könne er sich nicht losreißen. Zwei Atemzüge lang steht er nur da und sieht sie an. Anschließend dreht er sich um und verschwindet durch die Hecke.

Von nun an kommt er täglich in der Mittagszeit vorbei und bleibt jedes Mal ein bisschen länger. Elfriede sorgt dafür, dass sie immer etwas zum Anbieten für ihren Gast im Haus hat.

Sie singt, wenn sie das Mittagessen vorbereitet, und kocht Geschnetzeltes für den Kleenen. Sobald sie die Schüssel mit Hähnchenfleisch unter ihren Terrassentisch stellt, ist er da. Nach dem Essen rekelt er sich für gewöhnlich, springt auf ihren Schoß und rollt sich dort zusammen. Sein Körper ist leicht, wie ein neugeborenes Baby. Er ist angenehm warm und seine Atmung regelmäßig und tief. Nur wenn jemand auf der Straße vorbeiläuft, stellt er seine Ohren auf. Meist bleiben die Leute auf dem Bürgersteig, gehen einfach ihrer Wege. Dann öffnet der Kleene nicht einmal die Augen. Sollte es aber jemand wagen, den Gehweg zu verlassen und über die Rasenfläche im Vorgarten zu laufen, hebt er den Kopf und knurrt. Für Elfriede klingt es wie das Gurren einer Taube.

Nach dem Ruhen begleitet der Kleene Elfriede bei ihrem Spaziergang. Dann rennt er vor, springt um sie herum. Manchmal tänzelt er auch einfach in ihrem Alte-Damen-Tempo neben ihr her. Wer zu nah an Elfriede vorbeiläuft, wird angebellt. Nach dem Abendbrot verschwindet er. Immer. Doch am nächsten Tag streckt er zuverlässig zur Mittagszeit sein Köpfchen durch die Hecke. Er kommt nur unter der Woche. Am Wochenende bleibt er wahrscheinlich bei seiner Familie. Elfriede vermutet, dass er, wenn seine Halter auf Arbeit sind, sich davonstiehlt. Vielleicht aus dem Garten oder dem Fenster einer Erdgeschosswohnung. Er ist extrem klein und wendig. Springen kann er wie ein kleines Reh. Natürlich weiß sie, dass sie die Halter ausfindig machen und ihnen mitteilen sollte, dass der Kleene einen Weg gefunden hat, von zuhause auszubüxen. Bald. Bald wird sie es tun. Doch jetzt nicht. Zu sehr fürchtet sie, er könne plötzlich wegbleiben.

Elfriede merkt gar nicht, wie sie vergisst, sich täglich auf den Tod vorzubereiten. Neulich hat sie einen Roman in einer »Verschenkekiste« in ihrem Treppenhaus gefunden und ihn mitgenommen. Er ist sehr spannend. Ihre Wohnung wird unordentlicher. Ihre Wäsche wäscht sie nur noch einmal in der Woche. Auch ihre Kinder hat sie schon lang nicht mehr angerufen. Sie hat einfach nicht daran gedacht, so sehr lebt sie mit ihrem neuen Freund im Augenblick. Seine Art, dem Leben zu begegnen, ist erfrischend. So könnte es ewig weitergehen, denkt Elfriede.

Es ist September, die Bäume färben sich langsam rot und gelb. Auf ihrem Spaziergang folgt sie mit dem Kleenen wieder ihrer Lieblingsroute, einen Spazierweg entlang, der über einen Platz mit parkähnlichem Charakter führt.

Auf einmal bleibt der Kleene stehen, bewegt seine Ohren wie ein Radar. Dann wedelt er aufgeregt mit seinem Schwänzchen und rennt freudig bellend auf eine junge Frau zu. Diese lässt ihre Einkaufstüten fallen und starrt ihn mit kreidebleichem Gesicht an.

»Batman!« Der helle Aufschrei dieses Namens zerschneidet die Luft wie ein scharfes Messer, das schnurgerade auf Elfriede zuschießt und sich in ihr Herz bohrt, kalt und erbarmungslos. Die Frau nimmt den Hund auf den Arm, hält den kleinen Quirl mit geübtem Griff fest. Dabei murmelt sie etwas von einer Leine, die sie natürlich nicht dabei hat. Sie stolpert auf Elfriede zu. »Entschuldigen Sie, falls er Sie belästigt haben sollte. Er muss es geschafft haben, sich durch das gekippte Badezimmerfenster rauszuschlawinern. Das werde ich ab jetzt selbstverständlich immer verschließen. Wir wohnen nämlich im Erdgeschoss, wissen Sie.« Die Frau spricht so schnell, wie der Kleine rennen kann.

Natürlich. Die gehören zusammen, denkt Elfriede.

Die junge Frau macht eine kurze Pause. Auch sie scheint mal Luft holen zu müssen. Sie sieht Elfriede an. Mit ihren 95 Jahren läuft diese schon etwas gebückt. Sie trägt ihre neueste Herbstjacke, die sie vor zwanzig Jahren gekauft hat.

Die junge Frau spricht jetzt betont langsam. »Ich hoffe, er hat Sie nicht belästigt.«

Elfriede schüttelt den Kopf. Der Schrecken verschließt ihr die Kehle. Ein leichter Wind weht über ihre tränennassen Wangen. Ihr wird kalt. Sie muss nach Hause. Wäsche waschen, aufräumen, die Kinder anrufen. Noch gebückter als sonst dreht sie sich um und geht. Ein vertrautes leises Klackern nähert sich ihr. Dann spürt sie, wie etwas Weiches an ihre Waden stupst. Langsam bleibt sie stehen und dreht sich um. Der Kleine steht da, wedelt mit seiner Rute.

»Warten Sie!« Die Stimme der Frau klingt aufgeregt. Stürmisch läuft sie zu Elfriede. Ihre Einkaufstüten liegen vergessen an der Stelle, an der sie den Kleinen erblickt hat. »Kennen Sie sich? Entschuldigen Sie. Ich will Sie nicht nerven, aber es sieht aus, als würden Sie sich kennen.«

Elfriede lächelt. Honigwärme breitet sich in ihrem Innern aus. »Er ist mein bester Freund.« Wieder steigen ihr Tränen in die Augen, aber diesmal sind sie ihr willkommen. Sie begleiten die leuchtende Wärme in ihrer Brust.

»Unglaublich, wie vertraut Batman mit Ihnen ist. Ich bin übrigens Flora.«

»Elfriede.«

Die beiden Frauen kommen ins Gespräch. Dabei erzählt Elfriede, was sich fast den ganzen Sommer über auf ihrer Terrasse abgespielt hat. Die alte Dame fürchtet, dass das alles nun vorbei sein könnte. Sie sieht Flora an. »Ich werde ihn vermissen.«

»Das muss doch nicht sein. Wissen Sie, mein Mann und ich arbeiten im Moment sehr viel, der Hund ist tagsüber oft allein. Wenn Sie möchten, kann er gerne weiterhin zu Ihnen kommen, wir wären superglücklich.«

Und so beschließen sie, dass Flora Batman von nun an täglich vor der Arbeit bei Elfriede vorbeibringt.

Beim Abschied drückt der Hund sich noch mal ganz eng an Elfriedes Bein. Ein Kinderlied summend geht sie nach Hause. Zwischendurch macht sie immer wieder einen kleinen Hüpfer.

Sabine Kiel

Der sechzehn Kilo Chihuahua

Auf der Suche nach einem kleinen Hund stieß ich auf eine Anzeige für Chihuahua-Mix-Welpen. Mein Mann Klaus und unsere zehnjährige Tochter Franziska waren schnell überzeugt. Der Anbieter im Süden Berlins präsentierte uns drei winzige, offensichtlich ungeplante Welpen. Sie lagen zwischen alten Handtüchern in einer Duschwanne. Wir waren sofort verliebt und wählten den einzigen Rüden des Wurfes aus. Um zweihundert Euro ärmer und einen neuen Mitbewohner reicher verließen wir die Wohnung.

Das Baby von der Größe eines Meerschweinchens passte in eine Hand. Unsere Tochter Franziska überzeugte uns davon, dass der Zwerg Bärchen heißen sollte, doch Bärchens Schwanz erinnerte eher an eine Ratte als an einen Hund. Das ganze Tier hatte auch wenig Ähnlichkeit mit einem Bären. Bevor der Winzling einschlief, schlug er ein paar Mal seine kleinen, spitzen Welpen-Zähnchen in das Leder meiner Jacke. Das wird sicherlich noch, dachte ich.

Am nächsten Tag ging es zum Antrittsbesuch bei der Tierärztin. Sie kam gleich zur Sache. »Haben Sie für den etwa Geld bezahlt? Der ist bestimmt noch keine sechs Wochen alt. Geben Sie ihm so viel zu fressen, wie er schafft. Er ist völlig unterernährt und hat Flöhe. Ich glaube nicht, dass er überlebt. Gibt es ein Impfbuch?«

Wir verneinten schuldbewusst. Die Ärztin ließ sich nicht beirren. »Impfen möchte ich ihn frühestens in vier Wochen, er ist noch zu jung!« Das Baby wurde entwurmt und mit Flohpulver bestäubt. Wieder zu Hause, füllten wir seinen Napf mit Futter. Sofort versenkte Bärchen seinen Kopf darin und fraß, bis sein kleiner Bauch den Boden berührte. Anschließend schleppte er sich die Rampe aus Handtüchern hoch, die wir ihm in den zehn Zentimeter hohen Korb gebaut hatten, und ließ sich auf den Rücken fallen.

Zwei Tage später hörte Bärchen auf zu fressen und lag apathisch da. Ich griff zu der Dose Flohpulver und studierte die Aufschrift. »Nicht für Hunde unter sechs Monaten.« Mit schlechtem Gewissen eilte ich zur nächstgelegenen Zoohandlung und schilderte mein Problem. Gemeinsam mit der sehr bemühten Verkäuferin durchforstete ich das Regal. Ich wählte ein Shampoo für Welpen, um das Flohpulver abzuwaschen. Gegen Abend erwachte Bärchen wieder zum Leben und stürzte sich auf sein Futter. Das Vertrauen in die Ärztin hatten wir verloren.

Eine Woche nach seiner ersten Impfung bekam Bärchen heftigen Durchfall. In unserer Wohnung stank es wie im Klärwerk. Es schoss nur so aus ihm heraus, und schon nach kurzer Zeit lag er wieder apathisch da und konnte kaum die kleinen Äuglein öffnen. Als Klaus von unserer neuen Tierärztin zurückkam, hatte der Hund auf einer Seite eine dicke Beule vom Tropf. »Er hat Parvovirose. Die Ärztin glaubt nicht, dass er überlebt.«

»Aber er ist doch geimpft!« Ich war verzweifelt.

»Nur ein Mal, das wirkt erst richtig nach der zweiten Impfung«, antwortete mein Mann bedrückt. »Wir sollen morgen wiederkommen.«

Am folgenden Tag ging es unserem Hundebaby noch nicht besser. Die Ärztin ließ erneut Flüssigkeit in seinen kleinen Körper laufen. Mit gesenkten Köpfen verließen wir das Sprechzimmer, im Arm einen flach atmenden kleinen Körper. Zu Hause legten wir Bärchen in sein Körbchen. Das Futter, das wir ihm vor die Nase hielten, beachtete er nicht.

Nach zwei unruhigen Nächten wurden wir von einem Geräusch geweckt. Ich ging in die Küche. Dort stand der Winzling an seinem Napf und soff. Am liebsten hätte ich ihn sofort auf den Arm genommen und an mich gedrückt, aber ich wollte ihn nicht stören. Stattdessen stellte ich ihm Futter hin, und er fraß. Als wir am Nachmittag zur Tierärztin kamen, lief der kleine Kerl schwanzwedelnd ins Sprechzimmer.

»Ich habe noch keinen Welpen gesehen, der sich so schnell von Parvovirose erholt hat«, sagte die Tierärztin verblüfft. »Er ist ein echter Kämpfer.«

Franziska war begeistert von ihrem neuen Freund. Bärchen streifte durch ihr Barbiehaus; bei seiner Größe kam er bequem durch alle Türen. Die beiden zerrten an den entgegengesetzten Enden eines Frotteegürtels und tobten durch die Wohnung.

Wir nutzten die Gelegenheit, uns von Überflüssigem zu trennen. Wer braucht schon mehr als ein Paar Schuhe? Auch das Tragen zweier gleich aussehender Socken wird überschätzt. Kissen sehen viel interessanter aus, wenn ihre Füllung durch den Raum fliegt, und Plastikfolie auf den Teppichen schafft ein interessantes Ambiente. Mit seinen spitzen Zähnchen kaute Bärchen alles an und versteckte eifrig wichtige Dinge vor ihren Besitzern.

»Gib mir meine Socken wieder, du Rüpel!«

»Gib die Barbie wieder her, du Rüpel!«

»Lass meine Schuhe in Ruhe, du Rüpel! Nein! Nicht zerkauen!«

So ging es den ganzen Tag, bis der kleine Kerl, der mittlerweile die Größe eines Zwergkaninchens hatte, auf diesen Namen hörte.

Leider schlug Rüpel seine Zähne auch öfter in Franziskas Finger und zerrte an der Leine wie ein Dobermann, deshalb beschlossen wir, dass es an der Zeit für ein wenig Erziehung wäre, und gingen in eine Hundeschule. Die Trainerin erkannte sofort, wo das Problem lag: Wir mussten dem Hund klarmachen, dass wir die Chefs sind. Sie warf mit einem Schlüsselbund nach ihm, der ihn hätte erschlagen können. Rüpel trat kampflustig vor, knurrte und fletschte seine spitzen Zähnchen. Daraufhin riet sie uns zu einem Würgehalsband mit Stacheln.

Das war nicht unsere Vorstellung von Hundeerziehung, deshalb gingen wir nie wieder dorthin und besorgten uns stattdessen eine kleine Auswahl an Büchern. In einem davon hieß es: »Es gibt Hunde, die immer wieder versuchen, Rudelchef zu werden.« Dieser Satz wurde von uns später häufig zitiert.

In den Büchern stand auch viel zum Thema Stubenreinheit, allerdings waren unsere Trainingsbemühungen noch nach fünf Monaten wenig erfolgreich. Wir liefen weiter über rutschige blaue Müllsäcke, die ordentlich mit dem Teppich verklebt waren, und hatten Küchenpapier und Wischeimer immer griffbereit. Kaum hatten wir uns damit abgefunden, den einzigen Hund der Stadt zu besitzen, der nie stubenrein werden würde, geschah ein Wunder. An einem regnerischen Abend im Februar stand ich mit Rüpel draußen in der Dunkelheit und fror, während mein Hund auf der Suche nach Zerstreuung und Abenteuer munter in die Welt blickte. Dann hockte er sich hin, um sein Geschäft zu verrichten. Ich lobte ihn begeistert, was ihn jedoch kaltließ, und belohnte ihn zusätzlich mit Keksen, die er schwanzwedelnd entgegennahm. Vier Wochen und zwei Kilo Kekse später landete ein großes Knäuel Plastiksäcke in der Mülltonne.

Rüpel – wie er inzwischen tatsächlich hieß – wuchs und gedieh prächtig. Mit fünf Monaten wog er ungefähr sechs Kilogramm. Ich schlug im Hundebuch die Seite mit dem Chihuahua auf: Unser sah irgendwie anders aus. Rüpels Beinchen waren dackelkurz, sein Brustkorb wurde täglich breiter, und sein Rattenschwanz war zu einer schönen Rute geworden, die sich nach oben ringelte. Er hatte wache schwarze Knopfaugen, in den Himmel ragende Ohren und immer ein freches Grinsen im Gesicht.

»Guck mal, Mama, da kommt ein kleiner, dicker Hund mit großen Ohren!«, rief ein Kind im Park, das mit seiner Mutter an uns vorbeilief. Meistens wurde er für einen Schäferhund-Corgi-Mix gehalten. Als Rüpel die Zehn-Kilo-Marke überschritten hatte, immer noch an der Leine zog wie ein Schlittenhund und die Nachbarn im Hausflur regelmäßig in die Flucht schlug, wurde es Zeit für eine weitere Trainingseinheit. Gerade sein Verhalten im Flur war für uns unerklärlich, denn er kannte fast alle Leute, denen er dort begegnete; wir besuchten einige von ihnen regelmäßig, und die Nachbarkinder gingen bei uns ein und aus.

Eine eigens einbestellte Hundepsychologin riet uns fünf Dinge:

✳ Der Hund darf nicht im Bett schlafen. – Den Punkt konnten wir sofort abhaken, denn Rüpel schlief immer in seinem Körbchen.

✳ Der Hund darf nicht auf derselben Ebene sitzen wie der Mensch. – Das Prinzip hatten wir bereits umgesetzt. Rüpel verteidigte sein Sofa gegen alle Konkurrenz. Gewöhnlich saß er oben und wir auf dem Fußboden.

✳ Der Hund bekommt sein Fressen immer nach den Menschen. – Das ließ sich leicht umsetzen. Rüpel frühstückte schließlich nach unserem Abendessen und bekam nach unserem Frühstück seine Abendmahlzeit.

✳ Jeder darf dem Hund Futter wegnehmen. – Das konnten nur die Mutigsten. Wir beließen es bei wenigen Versuchen.

✳ Der Hund geht als Letzter durch Türen. – Wir übten regelmäßig. Im Gänsemarsch gingen wir durch den Hausflur. Franziska ging als Letzte und versuchte, den springenden und kläffenden Gummiball hinter sich zu halten, aber er war bereits zu schwer und kräftig, deshalb wechselten wir den Platz. Ich ging am Ende der Reihe und hielt den lautstark protestierenden Flummi mit einem Arm hinter meinem Rücken. Das funktionierte zumindest so lange, bis er sich zwischen meinen Beinen nach vorne gekämpft hatte und ich schmerzhaft auf dem Po landete. Ab da übernahm mein Mann den Posten, bis er sich die Schulter verrenkte. Nach Monaten des Trainings lief Rüpel immer noch vorne.

Eines Tages öffnete ich die Wohnungstür und hielt wie immer vorsichtig nach Nachbarn Ausschau. Gerade fegte der Hausmeister den Flur. Er hatte Kopfhörer auf den Ohren. Wundersamerweise war Rüpel still und tapste auf leisen Pfoten die vier Schritte bis zur ersten Stufe. Als wir direkt hinter dem Mann waren, straffte sich die Leine in meiner Hand und ein lautes, tiefes Gebell schallte durchs Treppenhaus. Der Hausmeister sprang zur Seite und drückte sich mit zitternden Knien an die Wand. Rüpel wedelte freudig mit dem Schwanz.

»Entschuldigung Hartmut, ich dachte, diesmal bleibt er still!«, rief ich über meine Schulter, während ich hinter rennenden sechzehn Kilo Lebendgewicht her stolperte. Rüpel wendete den Kopf und lachte mich an. Nach einem halben Jahr einigten wir uns mit den Nachbarn darauf, dass wir ihnen im Hausflur so weit wie möglich auswichen und sie sich in Deckung warfen.

In der Wohnung freute Rüpel sich über jeden Besuch so sehr, dass er bellend und springend umherrannte. Unsere Gäste fanden ihn umwerfend. Wir übten fleißig »Sitz« und »Bleib« mit dem Ziel, dass er Besucher artig auf dem Hinterteil sitzend begrüßte. Da ihn Lob nicht besonders interessierte, setzten wir wie immer auf Bestechung mit Keksen. Nach einer Weile hatte unser Mitbewohner verstanden, dass er die kurzen Hinterbeinchen einklappen sollte, wenn wir einen Keks vor seiner Nase in die Höhe zogen; er legte die Übung aber eher frei aus, fraß den Keks und ging. Sein Blick fragte mich, wann ich endlich kapierte, dass er Kekse auch im Laufen fressen konnte und dass Besuch gebührend zu begrüßen war, es sei denn, es handelte sich um Fremde. Die waren zu verjagen. In jedem Fall. Auch von unserem kleinen Segelboot, mit dem wir oft auf Wannsee und Havel fuhren.

Rüpel hatte sich in seinem ersten Sommer zu einem guten Crewmitglied entwickelt, auch wenn er für mich mittlerweile leider zu schwer war, um ihn einfach an Bord zu heben. Er war absolut seefest und angstfrei. Selbst die heftigste Schräglage beunruhigte ihn nicht.

An einem schönen Sonntag im Sommer waren wir in Ermangelung von Wind am Steg festgebunden. Rüpel lag entspannt vorne auf dem Boot und beobachtete die Welt, als ein Gast des Vereins auf ihn zukam. Unser Hund wedelte mit dem Schwanz. Der Mann kam einen Schritt näher.

»Rüpel, bleib entspannt, alles ist gut!«, rief ich meinem vierbeinigen Freund zu und stand auf, um ihn an seinem Geschirr festzuhalten.

»Das ist ja niedlich. Bewachst du das Boot?«, wurde er gefragt, während der Fremde seine Hand ausstreckte, um unseren Hund zu streicheln. Ich kam bis: »Bitte nicht, das Boot ist …«, dann sprang unser Liebling auf, fletschte die Zähne und bellte los. Der arme Mann machte einen Satz rückwärts, schwankte und konnte nur mit Mühe verhindern, dass er rücklings vom Steg ins Wasser stürzte. Ich rannte nach vorne und packte Rüpel fest an seinem Geschirr. Der Gast befand sich bereits auf der Flucht, als ich »Entschuldigung, er bewacht das Boot vor Fremden!«, in seine Richtung rief. In den folgenden Jahren unserer langen Partnerschaft musste der mutige Wächter leider hinten im Cockpit sitzen, wenn wir am Steg lagen.

Rüpel begleitete uns ganze siebzehn Jahre lang. Bis ans Ende seines Lebens stellte er sich jeder Herausforderung, ob fremden Hunden, die ihn deutlich überragten und ihn beißen wollten, oder vermeintlichen Feinden seines Rudels. Einbrecher trauten sich nicht in die Nähe unserer Wohnung und wer weiß, vielleicht hat er uns durch seine volle und tiefe Stimme, die hinter der Tür laut und deutlich zu hören war, vor manch einem unliebsamen Besucher bewahrt. Erst später, als er Arthrose in seinen kurzen, krummen Beinchen hatte, taub und fast blind war, hörte er auf, an der Leine zu ziehen.

Rüpel war ein witziger und selbstbewusster kleiner Hund, der viel Spaß und Abwechselung in unser Leben gebracht hat. Wir denken noch oft mit Freude an das einmalige Kerlchen zurück.

Laszlo Hartmann

Harpune, Zack!

Hatten Sie schon einmal Sex? Natürlich. Ozeanischen Sex, der einen in Tropfen strudelt, auseinanderwirbelt und anders als zuvor wieder zusammensetzt, wenn überhaupt? Ja? Haben Sie dabei in zwei mandelförmige Hundeaugen geschaut? Ich meine nicht den treudoofen Dackelblick Ihres Liebhabers. Ich spreche von dunklen, skeptischen, ach was, vernichtenden Hundeaugen. Nein?

Ich schon! Traf mein Blick seinen, bleckte Zack! (benannt nach einem Superman-Comic) seine Zähne, was mit viel Wohlwollen noch als aufmerksam durchgegangen wäre. Das Schwanzklopfen, ich hätte schwören können, dass er es mit unseren Bewegungen synchronisierte, stoppte abrupt. Zack! knurrte, wenn auch leise. Ich kann so nicht, wollte ich sagen, wenn dieser Hund, der mich hasst, warum auch immer, dabei ist und mich mit seinen Blicken tötet. Verstehen Sie mich nicht falsch, ich liebe Hunde. Aber stellen Sie sich vor, Ihre Lieblingsliebesschnulze hält immer beim Refrain an, den Sie inbrünstig mitsingen möchten. Sie singen nicht gerne? Ich schon!

In den Laken, im Sand oder im Meer, überall wo Zacks! Herrchen und ich uns liebten, gab es weder oben noch unten und sicher kein: Ich kann so nicht. Auch kein: Schick den Hund spielen, aber zack! »Augen zu und durch, alles kannst du, will's die Liebe, darum dich im Schwersten übe«, stand schon in meinem Poesiealbum. Zack! war immer dabei. Der Schäferhund gehörte zu meinem Kamaki (griechisch für Harpune, bedeutet Aufreißer) wie die Schmachtstimme zur Schnulze oder die Brandung zum Meer.

Wenn ich an diesen Sommer als hoffnungslos verknallte Touristin denke, kommt es mir so vor, als wäre es gestern gewesen und läge nicht Jahre zurück. Wenn Harpünchen, wie ich den Kamaki liebevoll nannte, lächelte, ging die kretische Sonne auf. Sie finden das kitschig? Recht haben Sie! Trotzdem. Sonnenstrahlenfalten bildeten sich um seine olivbraunen Augen und ich schmolz dahin. Wenn er Zack! gründlich durchbürstete und ihn liebevoll knuddelte, wollte ich sein Hund sein. Wenn er mit Zack! spielte, wollte ich ein Kind vom Harpünchen, wirklich, lachen Sie nicht. Einer, der einen ausgesetzten Welpen aufpäppelt und liebevoll großzieht, kann doch kein schlechter Vater sein! Wenn wir mal schliefen, Harpünchens Mund an meinem Kinn, und er schnarchte, hörte ich das Meer singen, herrje, nur ein kleines bisschen Restverstand war noch nicht wegge…, na Sie wissen schon.

Seine Harpune, die er in mich schraubte und die mich tiefer ins Herz traf, als ich wollte, ist aber geschrumpft mit der Zeit. Die Erinnerung ist ein verdammtes Luder. Zack! dagegen hat im Nachhinein die Größe einer Deutschen Dogge, mindestens! In manchen Nächten sitzt er neben meinem Bett, ich öffne die Augen (kein Körper umschlingt meinen, keine Flut, immer nur Ebbe in den Laken) und Zack! starrt mich an.

»Ich habe das nicht gewollt, Zack!«, sage ich dann zu ihm, aber er versteht mich nicht. Nicht auf Deutsch, nicht auf Englisch und das bisschen Griechisch, das ich von Harpünchen lernte, habe ich längst wieder vergessen.

Auch wenn ich Zack! manchmal ans Ende der Welt oder gleich bis hinter den Mond gewünscht habe (eifersüchtig auf einen

Hund, ich weiß, wie albern das ist, glauben Sie mir), trifft mich keine Schuld an seinem Tod. Trotzdem plagt mich in diesen Nächten das schlechte Gewissen. Manchmal singe ich ihm dann »Ich werde dich lieben« von Marlene Dietrich vor. Singe falsch, aber inbrünstig von einer Liebe noch im Tod, singe: »Auch wenn du nicht frei bist …«, singe: »Auch wenn du nicht treu bist …« . Damit meine ich eher Harpünchen, der mich aber niemals in meinen Träumen besucht, nicht Zack!, die treuste aller Seelen. Keine Miene verzieht Zack! bei meinem Gesang.

Harpünchen ist inzwischen mit einer Griechin verheiratet. Das Ende meiner »Salz auf unserer Haut«-Geschichte ist für immer gekoppelt an Zack!s Tod. Aber von vorne.

Ich war alleine in das kleine Dorf an der Südküste Kretas gefahren, um irgendeinen zu verarbeiten, dessen Name oder Gesicht ich lange vergessen habe, so bedeutungslos waren er und ich gewesen.

Das erste Mal sah ich die beiden am Dorfstrand, sah einen schönen Mann, groß, gut gebaut, dunkle Locken, melancholische Augen. Wahrscheinlich hielt er Ausschau nach touristischem Frischfleisch. Vielleicht hatte eine, die sonst immer im Juni kam, abgesagt. So lief das hier.

Ein prächtiger Schäferhund folgte ihm. Sein Herrchen sprang in ein Motorboot, sah mich, lächelte – ich schmolz zu guter deutscher Butter, war schon verloren, auch wenn ich mich noch wehrte und mein jahrelang geübtes standhaft arrogantes Gesicht aufsetzte. Der Mann startete den Motor und tuckerte in den kitschigen Postkartensonnenuntergang, wie wir es ab Tag drei gemeinsam taten – genauso lange hielt meine großartige Abwehr. Zack! stand auf dem Bootssteg, er fürchtete sich vor dem Wasser, das war ihm deutlich anzusehen, wollte aber unbedingt mit. Später erfuhr ich, dass Harpünchen ihn halbverdurstet auf einem Felsen im Meer ausgesetzt gefunden hatte. Der Mann fuhr eine Kurve zurück und half seinem Schäferhund ins Boot. Wie eine Galionsfigur saß

Zack! nun auf dem Heck. Ich weiß noch, dass ich dachte, was für eine Show! Was für ein Angeber! Was für ein wundervoller Hund!

Es kam, wie es sollte. Obwohl ich natürlich alt genug war, um den Unterschied zwischen Liebe und Leidenschaft zu kennen, hörte ich mich bald danach zu meinem Kamaki sagen: Ich liebe dich. Ich sagte es, fühlte es, konnte es nicht zurücknehmen oder dem blutroten Postkartenvollmond, der vor seiner Taverne im Meer versank, irgendeine Schuld geben.

Trunken voneinander – und vom Raki (für die Kreter die beste Medizin) – spuckten wir Melonenkerne ins Meer, pflanzten übermütig ganze Melonenbaumplantagen auf dem Meeresgrund. Wir tanzten auf der Veranda seiner Taverne Sirtaki, Zack! tanzte um Harpünchen herum, wenn endlich die letzten Gäste gegangen waren und seine Mutter Anna zu Bett.

Einmal wollte Harpünchen mir den Pfiff beibringen, mit dem sich die kretischen Partisanen von Bucht zu Bucht vor verhassten Besetzern (zuletzt den Nazis) warnten, eine Ehre für eine Touristin. Er pfiff, dass es über das Meer gellte; wenn nicht bis Afrika, dann sicher bis zur nächsten Bucht. Ich dagegen versagte kläglich, schaffte nur ein jämmerliches Pffff. Harpünchen lachte, bis Tränen über seine Sonnenstrahlenfalten liefen, und Zack! tobte ausgelassen. Ein Moment, in dem wir alle drei glücklich waren.

Tagsüber zeigte er mir seine Insel, in die ich mich ebenso verliebte. Wir rasten über Schotterpisten, kretische Musik leierte im Kassettenrekorder, Lyras klagten, Bouzoukis stimmten ein, verrauchte Männerstimmen sangen von der Liebe, die ein zweischneidiges Schwert ist, Harpünchen übersetzte es mir. Über uns kreisten manchmal Seeadler, immer saß hinter uns Zack! und knurrte, wenn ich mich zu ihm umdrehte. Meine Harpune sagte dann etwas auf Griechisch zu Zack!, was ich nicht verstand, und das Knurren verstummte.

Wenn Zack! heute wie eine zürnende Sphinx neben meinem Bett Blitze schleudert und Donner knurrt (übrigens seit Langem das einzige Geräusch in meinem Schlafzimmer), frage ich ihn, was meine Harpune damals gesagt hat. »Frauen kommen, Frauen gehen, du bleibst? Oder du und ich, da passt keine dazwischen?« Zack! gibt mir nie eine Antwort.

Nachdem wir uns geliebt hatten, war immer, bevor wir uns liebten. Harpünchen erzählte mir von der Touristin, die ihn mit dreizehn zum Mann gemacht hatte. Sie war nie wiedergekommen, auf sie hatte er lange gewartet. Dann auf keine mehr.

»Mit dir ist alles anders«, sagte er, »mein Herz ist wie der Löwe.« Er zeigte auf den Berg, der tatsächlich wie ein Löwe aussah, der sehnsüchtig Richtung Afrika schaut, der Legende nach Cleopatra hinterher, die ihn auf Kreta zurückließ, wo er versteinerte. »Mit dir schlägt es wieder wie ein Herz.«

Im Juli kam Kerstin und fuhr ungeküsst zurück nach Deutschland, dafür sorgte ich. »Und ich werde dich lieben, auch wenn du nicht treu bist. Oder aber ich bringe dich um,« sagte ich mir. Immer wieder schmiss ich mein Rückflugticket weg, blieb, sehr zum Ärger von Übermutter-Anna.

Auch Zack! war nicht einverstanden. Ich versuchte ihn auf meine Seite zu ziehen, und kaufte ihm bei der Supermarkt-Besitzerin, die wie fast alle Frauen im Dorf auch Anna hieß, Innereien und Knochen, die Zack! – der wohl verfressenste Schäferhund der Welt – niemals anrührte. Er fraß meine lächerlichen Bestechungsversuche nur, wenn Harpünchen sie ihm servierte und ihm dabei etwas von Agapi in die aufgestellten Ohren flüsterte (Agapi, griechisch für Liebe, gehört neben Malaka, was Arschloch heißt, zum wichtigsten Vokabular für Touristinnen wie mich). Als wäre meine Zuneigung für Zack! eine Zumutung und nur meine Liebe zu seinem Herrchen echt.

Trotzdem hörte ich nicht auf. Ich kaufte Zack! weiterhin Innereien und Kauknochen, wenn wir in die nahe gelegene Kreisstadt fuhren, um mein Ticket zu verlängern oder um neue Kopfkissenbezüge zu besorgen. Wir hatten die alten, kunstvoll bestickten meiner Pensionswirtin angekokelt. Sie wissen schon: romantisches Kerzenlicht, stürmisch wogende Liebe, angesengte Betttücher. Zack! bellte, bevor alles lichterloh in Flammen stand, auch wenn er sicher nur sein Herrchen warnte, nicht mich. Als ich wenig später den Kauknochen im Maul eines herumstreunenden Strandköters entdeckte, gab ich auf. Zack! würde mich niemals mögen.

Anfang August konnte ich es nicht mehr aufschieben, ich musste zurück nach Berlin, wenigstens für ein paar Wochen, Geld verdienen. Ausgerechnet, als Sabine ankam. Die zwar keine Konkurrenz war, wie meine Harpune beteuerte, er konnte mir aber auch nichts versprechen. »Ich bin wie er«, Harpünchen zeigte auf einen verlausten Strandköter, der gerade eine sicher ebenso verlauste Köterin begattete, »ich kann nicht treu sein, nicht mal dir.« Ich wollte ihn schütteln, er sollte wie Zack! sein, mich lieben, nur mich. Wir stritten so leidenschaftlich, wie wir uns liebten.

»Es ist vorbei«, brüllte ich, »elender Hurensohn, ich hasse dich, ich will keinen Köter, sondern einen Mann.« Ich heulte den Postkartenkitschmond an; Zack! fletschte die Zähne, drohte er mir? Ein Blitzschlag sollte die Harpune treffen, wenn er nur daran dachte, mir untreu zu sein. Und Zack! gleich mit.

Ich betrank mich, tat mir selber leid, verfluchte den Moment, in dem wir uns begegnet waren. Theatralisch und verletzt stieß ich Harpünchen weg, bis auch er weinte. Zack! kriegte sich gar nicht mehr ein, jaulte, bellte, knurrte. Verwünschungen krakeelend torkelte ich Richtung Pension. Hörte ihn noch auf Zack! einreden, der ihm natürlich gehorchte und mich, wenn auch grollend, die Trampelpfade den Berg hinauf bis zur Haustür begleitete. Zack! wartete (wie ihm aufgetragen), bis ich endlich den Schlüssel im Schlüsselloch hatte. Ich war die Letzte, die Zack! lebend sah.

Am nächsten Morgen fuhr Harpünchen mich zum Flughafen, ohne Zack!. Noch machte er sich keine Sorgen um seinen geliebten Hund. Und natürlich würde ich wiederkommen, natürlich war es nicht vorbei. Ich öffnete das Handschuhfach, nahm die Briefe der

Touristinnen (manche waren mit Herzen verziert), die meine Harpune dort sammelte, schmiss sie aus dem Fenster und stellte mir vor, wie sie die Berge hinabsegelten, einem verblüfften Schäfer vor die Füße fielen, einer Schafherde und dem Hütehund zum Fraß.

Anna, die Pensionswirtin, fand Zack!. Er hatte wohl Rattengift gefressen, ein qualvoller Tod. Harpune weinte, als er mir am Telefon davon erzählte. Ob ich ihm etwas gegeben hätte, wollte er wissen. Dass Harpünchen mich das ernsthaft fragte, dass er glaubte, ich hätte das gewollt, verletzte mich fast mehr als Sabines Stimme im Hintergrund. Das habe ich Zack! sicher tausend Mal erzählt. Ob es ihn tröstet, weiß ich nicht. Er knurrt immer nur.

Nichts war danach noch wie vorher. Es schien, als wäre nicht nur Zack!, sondern auch die Liebe gestorben.

Der Hochzeitshaufen

Queenie saß neben mir auf dem Sofa und schaute mich vorwurfsvoll an. Sie konnte sich wohl nicht vorstellen, dass ich allen Ernstes in Betracht zog, uns beide gewaltsam vom Sofa abzupulen, um zu einer Hochzeit zu fahren.

»Vielleicht wird es nett«, schlug ich vor und hielt ihr die Einladung vor die Nase.

Sie schaute weg, stur, wollte nicht mal schnuppern, nicht mal das, so wenig Lust hatte sie darauf. Ich wusste schon, was das bedeutete. Es war ein klares Statement dafür, dass wir lieber in den Wald gehen sollten, wenn wir denn schon vom Sofa aufstehen mussten. Aber im Wald waren wir schon etliche Male gewesen, auf einer Hochzeit noch nie. Hochzeiten kannten wir nur aus dem Fernsehen. Da waren das immer pompöse Feiern mit viel Spitze und mehrstöckigen Torten und wenn mich nicht alles täuschte, stand hinter der Dekoration in der Regel ein Farbkonzept. Wichtig war auch immer die bestimmte Sorte Blumen, die die Braut sorgsam auswählte, kurz bevor sie einen Nervenzusammenbruch erlitt, weil die Hochzeit ein unzumutbarer Organisationsaufwand war und das dann noch parallel zur Planung der Flitterwochen und dem Job, der ihr alles abverlangte. Zumindest war das im Fernsehen so. »Das wäre eigentlich total unhöflich, nicht zu der Hochzeit zu fahren, wenn die Braut sich schon so mit den Blumen gequält hat«, sagte ich zu Queenie.

Außerdem war das im Fernsehen auch immer so, dass ganz kurz vor dem Ja-Wort etwas sehr Spektakuläres passierte, dass einer der beiden Verliebten abhaute oder zumindest kalte Füße bekam oder die Heiratswilligen zusammen noch schnell die Welt retten mussten oder wenigstens irgendwo etwas explodierte. Da war ich dann schon etwas neugierig geworden, wie so etwas in echt aussah. Natürlich habe ich jetzt nicht direkt erwartet, dass es so sein würde, aber ein bisschen darauf gehofft hatte ich schon.

Auf der Einladung musste ich angeben, ob ich plus eins kommen würde. Da hatte ich die Braut neulich schon einmal gefragt, ob mein plus eins eine Hündin sein könnte, und sie sagte, ich solle Queenie unbedingt mitbringen. Und damit hatte ich schon zugesagt, bevor ich mich eigentlich entschieden hatte.

»Wir machen uns eine schöne Zeit«, sagte ich zu Queenie, die immer noch abgewandt neben mir auf dem Sofa saß. »Na komm, ein bisschen Hollywood für uns zwei.«

Sie schaute kommentarlos zu mir hinauf. Was sollte sie auch dazu sagen? Wir wussten ja beide, dass es bereits entschieden war.

Wir haben uns dann ordentlich aufgestylt. Queenie bekam eine königsblaue Fliege, die farblich zu meinem Kleid passte und ebenso zu ihrem frisch gewaschenen, schneeweißen Fell. Sie fand das insgesamt nicht gut, sie hätte lieber nicht geduscht, keine Fliege getragen und ein Geschirr mit Strasssteinchen erst recht nicht, aber sie hatte keine Wahl. Wer schön sein wollte, musste leiden, ich ja auch in meinem Kleid mit Strumpfhose und Absatzschuhen. So stapften wir also mit unseren Outfits zu der Veranstaltung und waren dabei so elegant, dass es kaum auszuhalten war; die hohen Schuhe, die einschneidende Strumpfhose, der kratzende Strass, die flatternde Fliege, wir waren einfach so unglaublich schön.

Die Fahrt zur Hochzeit meisterten wir mit Bravour. Aber schon den darauffolgenden bürokratischen Teil musste Queenie zutiefst verabscheut haben, denn da wartete sie vorm Standesamt im Auto. Hunde waren dort nämlich nicht erlaubt. Eine Regel, die den entscheidenden Bürokraten sicher sehr logisch erschien, da Hunde ja auch nicht heirateten; ich allerdings fand es ziemlich ätzend, dass meine Hochzeitsbegleitung hier so selbstverständlich ausgesperrt wurde. Schließlich hatten Hochzeiten doch meistens mit Liebe zu tun und mir fiel kaum etwas ein, das der Liebe näher war als Queenie. Auf der anderen Seite gab es natürlich kaum etwas, das ihr ferner war als die deutsche Bürokratie. Die Standesbeamtin gab sich trotzdem ordentlich Mühe und so hörte ich an diesem Tag zum ersten Mal die berühmten Worte aus dem Fernsehen live: Möchten Sie den hier Anwesenden, möchten Sie die hier Anwesende … Was für eine spezifische Formulierung, wenn man mal darüber nachdachte. Als ob das Amt in der Vergangenheit zu häufig dem Irrtum unterlegen war, massenhaft Ehepartner zu trauen, die eigentlich jemand anderes meinten, als sie der Ehe zustimmten, und sich wunderten, wer ihnen da gegenüber stand.

In meinem Fall waren es die beiden Anwesenden, die sich heiraten wollten.»Ja, ich will«, sagten sie und haben sich dabei übereinander kein bisschen gewundert. Das war eigentlich vorauszusehen und damit nicht besonders unterhaltsam. Zugegeben sah ich mich schon ein wenig um, natürlich möglichst unauffällig, ob nicht vielleicht doch von irgendwo ein Helikopter auftauchen würde oder ein langjähriger Liebhaber, der die Hochzeit seiner einzigen Seelenverwandten nicht zulassen konnte. Aber nichts dergleichen passierte. Hätten sie Queenie reingelassen, hätte die vielleicht noch etwas Schwung in den Moment gebracht, aber das haben sie nicht.

Und so wurden die beiden zu Mann und Frau erklärt, und ich wurde doch ein wenig emotional. In diesem Moment merkte ich schon wieder, dass es einfach falsch war, dass mir meine Hochzeitsbegleitung nicht auf dem Schoß saß, weil ich nichts zum Drücken hatte. Beim anschließenden Empfang war das glücklicherweise wieder anders. Da landeten Queenie und ich dann mit unseren wunderbaren Outfits am Single-Tisch. Das war natürlich komisch, weil ich eigentlich die beste Hochzeitsbegleitung von allen hatte, aber wahrscheinlich war es aus logistischen Gründen am besten, uns dorthin zu verfrachten, weil wir gemeinsam ja nur einen Stuhl besetzten.

Auf dem Tisch war ein kleiner Stoffbeutel mit Hundekuchen in Knochenform drapiert. Das war schon nett, den hatte die Braut wahrscheinlich zusammen mit den Blumen und dem Farbkonzept organisiert, noch bevor sie ihren Nervenzusammenbruch bekam.

Ich versuchte recht unauffällig zu sein, als ich Queenie den ersten Hundekuchen anbot, weil ich schon erwartet hatte, wie sie reagieren würde. Solche Leckerlis in hundgerechter Form, das war einfach nicht ihr Ding. Ein Leckerli war erst dann ein Leckerli, wenn es von einem Teller kam, auf dem ein Abendessen lag. Je kunstvoller geklaut, desto besser der Geschmack.

Als ich Queenie dann also die knochenförmige Aufmerksamkeit der Braut vor die Nase hielt, drehte sie wie vorausgesehen stur ihren Kopf zur Seite. Niemals hätte sie so eine geschmacklose Beleidigung gegessen. Wenn die jetzt allerdings mitten in einem Abendessen gelegen hätte, sähe die Sache schon ganz anders aus.

Mit dem Hundekuchen war indes ein wunderbares erstes Gesprächsthema für den Abend geboren, da einige Hochzeitsgäste unbedingt sehen wollten, wie Queenie einen dieser niedlichen Miniknochen mit ihrer niedlichen Schnauze zu sich nehmen würde. Stattdessen aber drehte Queenie zum wiederholten Male widerwillig ihren Kopf beiseite, etliche Male erklärte ich ihr Verhalten mit dem Wunsch nach einem ordentlichen Menü und etliche Male bot ihr niemand sein Abendessen an.

Bald schon kam der Augenblick, in dem Queenie begann, sich zu langweilen. So recht verdenken konnte ich es ihr nicht, schließlich begriff sie die Nostalgie der rührenden Diashow nicht und die wunderbaren Tischgespräche über Belangloses ebenso wenig. Auf meinem Schoß zu schlafen und sich kraulen zu lassen, war vielleicht ganz nett, aber ein Schoß war eben auch kein Sofa.

Und so wich Queenies Ausdauer endgültig der Ungeduld und sie erhob sich auf meinem Schoß, um entschlossen stehen zu bleiben. Hinsetzen wollte sie sich auf gar keinen Fall mehr und auf dem Boden stehen erst recht nicht. Sie wollte demonstrativ auf mir drauf stehen und gegen die Zustände protestieren. Auch das erweckte die Aufmerksamkeit einiger Gäste, weil man auf unserem

Stuhl jetzt nur noch Queenie sah, fest entschlossen, den Istzustand nicht mehr länger zu tolerieren, während ich vollständig hinter ihrer Erscheinung verschwand.

Ihre klare Präsentation brachte mich langsam in Zugzwang. Es war wahrlich ein heldenhafter Protest, den sie an den Tag legte. Mein Kampfgeist war geweckt. Mit strengem Ton brach ich ihren eisernen Willen, indem wir durch den Schlossgarten, der den Hochzeitsräumlichkeiten angrenzte, Gassi gingen. Während wir so spazierten, kam ich nicht umhin mich zu fragen, wer jetzt eigentlich wessen Willen gebrochen hatte. Aber eigentlich fand ich es im Garten auch ganz nett. Als wir die Hochzeitsgesellschaft verlassen hatten, merkte ich nämlich erst, wie besonders mir die Stille war. Als würde mir innerlich der Stress abgedreht. Plötzlich hörte ich unsere Schritte auf dem Schotterweg. Ich spürte die Luft an der Haut, den Sauerstoff, der noch nicht aufgebraucht, die Frische, die noch nicht aufgeheizt war durch die zu vielen Körper. Auch Queenie wurde ruhiger. Sie war konzentriert darauf, jetzt vorwärtszulaufen, sie war in ihrem Draußen-Modus, aufmerksam und mühelos. Und ganz von allein entstand in meinem Inneren der Drang, zurück in meinen natürlichen Zustand zu gehen; ich verspürte den Wunsch, auf dem Sofa zu sitzen und eine Jogginghose zu tragen.

Als sich unser Spaziergang langsam dem Ende neigte und wir uns der Hochzeitsgesellschaft wieder näherten, konnte ich schon von Weitem erkennen, dass sich sämtliche Gäste inzwischen draußen versammelt hatten. Vielleicht waren jetzt alle in den Draußen-Modus gesprungen? Dann muss es wohl in der Luft gelegen haben und Queenie hatte es nur als Erste bemerkt.

Aber das war es nicht. Es waren gefühlt zehntausende Gäste, die sich zu einem Gruppenfoto versammelten. Gut, dass wir noch rechtzeitig da waren, um mitzumischen, schließlich erlebten wir eben unsere erste Hochzeit und da wollte ich keine Gelegenheit ungenutzt lassen, sie für immer zu verewigen.

»Die Frau mit dem Hund!«, hörte ich jemanden rufen. Wir wurden also sehnsüchtig erwartet. Zu Recht. Mit Queenie darauf war das Bild ja sofort viel hübscher. Sie war jetzt allerdings wohl von der ganzen Aufmerksamkeit ein wenig nervös geworden und machte sich dran zu erledigen, was sie beim Spaziergang noch nicht erledigt hatte. Mit so viel Publikum hat bisher vermutlich kaum einer sein Geschäft verrichtet. Von diesem besonderen Zusammenspiel der Ereignisse war ich im ersten Moment durchaus überrascht, sodass auch ich erst einmal gaffend danebenstand. Dabei war das, was es da zu sehen gab, eigentlich gar nicht so interessant. Ins Fernsehen hätte es die Szene sicher nicht geschafft. Oder erst ab dem Moment, als die Hochzeitsgäste, anstatt für das Foto zu posieren, ihre volle Aufmerksamkeit auf Queenies Showeinlage richteten.

Zunächst war es nur ein leises Giggeln, das verstohlen durch die Menschentraube zog, ein paar vorgehaltene Hände unter weit aufgerissenen Augen, ein unterdrücktes Lachen, begleitet vom Gedanken, es sei doch eigentlich gar nicht so besonders witzig. Und doch wuchs aus dem Giggeln – vermutlich lag das am Ende nur an den verzweifelten Versuchen, nicht lachen zu wollen – ein herzhaftes Hinausposaunen jeder möglichen mit diesem Moment verbundenen Emotion.

Laut war das. Na klar, was gab es schon Besseres als einen Hundehaufen bei einer Hochzeitsgesellschaft? Vielleicht war das jetzt sogar ein bisschen so wie die großen Momente im Fernsehen, nur in unromantisch und in echt. Aber trotzdem wahrheitsträchtig und mit wundervoller Symbolik beladen. Ich stellte mich zwischen Queenie und die Hochzeitsgäste, um ihr zumindest ein klein wenig Privatsphäre zu ermöglichen. Und dann räumte ich auf und jetzt war ich es, die dabei noch nie so viel Publikum gehabt hatte wie dieses Mal. Ich versuchte es möglichst elegant zu machen mit der Strumpfhose und den hohen Schuhen, aber ich scheiterte wohl an der Natur der Sache. Die Hochzeitsgäste blieben aufmerksam bis zum Schluss, sie warteten den gesamten Prozess ab, damit wir mit aufs Foto konnten. Das war sehr nett, denn an diesen Augenblick wollte ich mich sehr gerne noch lange erinnern. Schließlich war das der dramaturgische Höhepunkt der ersten Hochzeit, auf der ich jemals war.

Mit Queenie auf dem Arm stellte ich mich dann endlich zu den anderen vor die Linse. Und so war ich nun für immer verewigt auf diesem wundervollen Foto, in der einen Hand Queenie und in der anderen ihren Häufchen-Beutel. Der Rest des Abends verlief im Vergleich dazu ereignislos. Wir landeten wieder am Single-Tisch und beschäftigten uns mit den knochenförmigen Hundeleckerlis, die Queenie nach wie vor nicht essen wollte, obwohl in ihrem Bauch jetzt eindeutig Platz dafür war.

Nach der Fotoaktion kamen noch deutlich mehr Gäste an als zuvor, um ihr einen Hundekuchen anzubieten. Ein Abendessen à la carte wollte ihr aber bis zum Schluss keiner geben.

Am späten Abend wieder zu Hause, sprang Queenie auf ihren Polstermöbel-Stammplatz, noch bevor ich ihr die Fliege vom Hals nehmen konnte. Die beiden Kuhlen, die unsere Körper mit der Zeit auf dem Sofa hinterlassen hatten, mussten heute im Laufe des Tages ausgekühlt sein und es war allerhöchste Zeit sie wieder aufzuwärmen. Ich pellte mich aus meiner Strumpfhose und konnte mir, als ich die Jogginghose überzog, ein erleichtertes Stöhnen nicht verkneifen. Gleich begab ich mich zu Queenie in meine Kuhle und war schon im Begriff, auch sie von ihrem Outfit zu erlösen, wurde aber mit vollem Körpereinsatz von ihr daran gehindert. Sie wollte die Fliege und den Flitter noch nicht hergeben. Anscheinend hatte sie ihre Meinung zu Hochzeiten geändert, obwohl für sie eigentlich nicht so viel dabei herausgesprungen war. Bis auf den Tag, den wir miteinander verbrachten. Und der war lang. Unfassbar lang.

Auch ich hatte meine Meinung zu Hochzeiten geändert. Sie waren nämlich überhaupt nicht so wie im Fernsehen. Es gab keine Explosionen, keine verborgenen Liebhaber und keine besonderen Hindernisse, bis auf einen kleinen Kothaufen vielleicht. Einen mutig performativen Kothaufen von dem liebsten aller Hochzeitsgäste, dessen stolze Begleitung ich sein durfte. Wenn ich jetzt darüber nachdenke, war die Hochzeit am Schluss noch viel besser als im Fernsehen, denn sie schuf eine wertvolle Erinnerung mit meiner lieben Queenie.

Ulrich Conrad

Alfu im Sandstein

Meine Chefin unterhält sich mit diesem langen Kerl.

»Schön, dass ich Alfu zu der Wanderung mitbringen durfte.«

»Kein Problem, Theda. Es hat hier keiner etwas gegen Hunde, und dieser scheint doch ein ganz Lieber zu sein.«

»Naja, er ist ein Tibet-Terrier, die machen oft, was sie wollen.«

Die beiden reden bestimmt über mich und sicher nur das allerbeste. Das ist die Gelegenheit, mein neues Revier zu markieren, doch da geht das ganze Rudel Zweibeiner auch schon weiter.

»Komm, Alfu!«

Sie ruft mich. Das ist zu früh. Schnell noch ein paar letzte Bäume kennzeichnen, dann bin ich soweit. Hat sie den Mann jetzt für sich als Rudelführer ausgewählt? Die Menschen sind da ja sehr unbeständig. Immer wieder folgen sie anderen, aber dieser scheint sich hier auszukennen.

Plötzlich stehen wir vor einer gewaltigen Wand! Was ist das denn, mitten im Wald? Wieder beginnt der Leitmensch zu reden. »Hier haben wir die Felsen erreicht, auf die wir wollen.«

Theda zeigt verunsichert nach oben. »Da hoch?«

»Keine Sorge, es gibt Wege dorthin.« Anscheinend kann er sie beruhigen.

In einer breiten Schlucht geht es zwischen den Felsen hindurch und im Wald weiter aufwärts, bis andere Felswände, höher als Bäume, dem Weg ein Ende setzen. Dort kommt keiner hinauf. Zu meiner Verwunderung hält jedoch der lange Kerl, dem alle folgen, genau darauf zu. Der Weg ist kaum noch erkennbar.

Eine Felsstufe, etwas höher als mein Kopf, bereitet meiner Chefin mehr Probleme als mir. Da springe ich einfach hinauf, während Theda zu meiner Überraschung ihre Hände zur Hilfe nimmt. Auf allen vieren geht es eben besser. Ein Stück weiter befindet sich eine gut doppelt so hohe Stufe. Das schaffe ich nie! Für die Menschen gibt es zwar eine kurze Leiter, aber wie sollen sich Hunde daran festhalten?

In der Erwartung, dass ich irgendwie hinaufkäme, ruft meine Futtergeberin von oben. »Alfu, komm! Spring!«

Eine Zumutung! Wie stellt sie sich das vor? So ein Quatsch! Hier geht es nicht weiter, das wird sie einsehen müssen. Da erschnüffle ich lieber erstmal die Umgebung.

Theda kommt wieder zurück. Was will sie auch da oben?

Dann packt sie mich und hebt mich auf diesen Felsen!

Vor Schreck jaule ich auf. Was soll ich hier?

»Zapple doch nicht so, Alfu. Ganz ruhig! Hier kannst du weiter gehen.« Sie stöhnt. »Du bist ganz schön schwer geworden mit deinen dreizehn Kilo.«

Sie klingt verärgert. Was habe ich denn jetzt wieder falsch gemacht? Sie weiß doch, dass ich nicht klettern kann! Wie soll man da ruhig bleiben? – Jetzt hocke ich hier und starre in die Tiefe. Nach unten springen könnte ich wohl noch so gerade, aber ich käme nie hierher zurück.

Theda ist inzwischen ein Stück weiter gegangen und ruft mich. Wir bewegen uns in einer steil ansteigenden Schlucht auf eine diesmal lange Leiter zu, die in einiger Höhe über dem felsigen Boden schwebt. Sollen wir da etwa auch hoch?

Die Gruppe macht es vor.

Da komme ich unmöglich hin! Was denkt mein Mensch sich eigentlich? Los, Theda, sag denen, dass sie umkehren sollen!

Zu dumm, dass ich diese Worte nicht selbst formulieren kann, aber meine Blicke müssten ihr das doch mitteilen.

Stattdessen macht sie mich fassungslos. »Komm, Alfu, komm hierher!« Sie steht direkt an der Leiter. Hält sie mich für einen Affen? Kehr um, Chefin, es geht hier nicht weiter!

Sie steigt auf die unterste Sprosse.

»Komm, zu mir, Alfu«, ruft sie.

Irgendwie muss ich da hoch! Auf halber Höhe sehe ich einen kleinen Felsvorsprung. Von dort könnte ich vielleicht ein Stück weiter kommen, aber er ist sehr hoch.

Verzweifelt nehme ich Anlauf. Vielleicht kann ich diesen steilen Felsen doch hinaufrennen. So schnell ich kann, hasten meine vier Pfoten nach oben, doch ich finde keinen Halt. Ich rutsche ab, falle hinunter; mutig versuche ich es noch einmal, aber es ist hoffnungslos.

»Nein, Alfu«, schreit Theda entsetzt. »Hierher!«

»Wird es gehen?«, fragt der Mann, dem alle folgen.

»Ich weiß nicht, ich werde ihn tragen müssen.«

Sie ist wieder unten und streichelt mich. Na, also. Hat wohl eingesehen, dass sie umkehren muss. Doch was passiert jetzt? Sie nimmt mich auf den Arm, setzt mich auf ihre Schulter, aber sie hält mich nur mit einer Hand. Mit der anderen greift sie zur Leiter. Ich rutsche!

»Halt dich fest, Alfu«, ruft sie. Wie stellt sie sich das vor? Will sie mit mir wirklich da hoch? Ich zapple und jaule, will doch nicht abstürzen! Sie beginnt zu zittern. »Ganz ruhig, Alfu. Halt still!« Wie soll man da ruhig bleiben? Das ist doch viel zu gefährlich!

»So geht das nicht«, sagt der Rudelführer dieser Menschen. »Er kann doch hier unten hinauf gehen.« Er zeigt unter die Sprossen.

Theda schaut ihn an. »Meinst du? – Ja, tatsächlich.« Sie steigt hinauf. »Alfu, komm, geh hier unten entlang.«

Was will sie denn jetzt wieder? Sie sollte sich endlich mal an unsere vereinbarten Begriffe halten. Bleib hier!

»Er versteht einfach nicht, was er tun soll.«

Ein dickerer Mann mit Mütze reicht dem langen Kerl ein Würstchen. »Damit kannst du ihn locken.«

»Gute Idee«, antwortet er. »Sieh mal, Alfu, was ich hier habe.« Das Würstchen sieht lecker aus! – Komisch, er isst es gar nicht, sondern zeigt es mir. Als wenn ich es nicht längst gerochen hätte. »Komm hier entlang, Alfu.«

Jetzt kriecht er seitlich an der Leiter vorbei und ist schließlich direkt darunter. Was will er da?

»Komm Alfu. Dann bekommst du das Würstchen.«

Jetzt ruft mich dieser Fremde. Er lockt mich zu sich. Darf der das? Unsicher schaue ich Theda an.

»Ja, Alfu, geh zu ihm. Er zeigt dir den Weg.«

Komisch, dieser Rudelführer der Menschen krabbelt auf allen vieren unter dieser Leiter über viele Felsvorsprünge nach oben. Immer wieder lockt er mich mit dem wunderbaren Duft dieses Würstchens. Mit einiger Mühe kann ich ihm tatsächlich folgen.

Endlich sind wir oben. Theda streichelt mich. »Das hast du gut gemacht.« Auch Thedas Rudelführer, krault mir das Fell und reicht mir mein wohlverdientes Würstchen. »Tut mir leid, das war wohl eine ganz schöne Strapaze. Ich hatte den Weg als wunderschön in Erinnerung, aber nicht mehr an die Leitern gedacht.« Was der wohl erzählt? Egal. Hauptsache ich habe meine schmackhafte Belohnung. Mit großem Appetit verzehre ich die Wurst und bedaure, dass sie so schnell weg ist.

Wie die anderen Menschen schaut auch Theda in die Ferne. Sie scheint sich an der Aussicht zu freuen, auch wenn man das nur schwer erkennen kann, da Menschen keinen Schwanz zum Wedeln haben. Nach all der Zeit, die wir zusammen sind, kann ich das aber einschätzen.

»Sieh nur, Alfu. Da unten fließt die Elbe und dahinter sieht man all die Tafelberge. Ist das nicht herrlich?«

Genussvoll lecke ich mir meine Schnauze, die noch immer nach Würstchen schmeckt. Es gibt doch nichts Schöneres. Das hatte ich mir redlich verdient.

Zum Glück nehmen wir für den Rückweg eine andere Route. Zunächst geht es nur wenig bergab. Bis wir vor einem riesigen Abgrund stehen! Lange Leitern führen an einer senkrechten Wand in mehreren Etappen weit hinab in die Tiefe. Hier gibt es wirklich keinen Weg, den ich bewältigen könnte.

Der lange Kerl erzählt wieder etwas. »Oje, an diese Leitern erinnere ich mich gar nicht. Ein paar kleinere, die man auch umgehen konnte, waren hier zwar, aber diese großen? Naja, es ist eine Weile her und ich bin bisher halt immer ohne Hund gewandert.«

»Bist du sicher, dass der Weg richtig ist?«

»Den Wegweisern nach, schon. Werden wir das irgendwie hinbekommen, Theda?«

»Ich muss es versuchen.«

Erneut will sie mich tragen, doch sie beginnt zu zittern. »Oje, wie soll ich Alfu und mich festhalten?«

Mit einer Hand umschlingt sie mich. Das drückt und ist unangenehm. Wenn ich abrutsche, würde ich in die Tiefe stürzen. Laut bellend mache ich ihr klar, dass das so nicht geht.

Sie lässt locker. Die Menschen um mich herum beraten sich. In der Zwischenzeit folge ich dem Duft feinster Würstchen zum Rucksack des rundlichen Mannes mit der Mütze.

»Nein!«, schimpft der sofort. Ich muss doch mal genauer schnuppern und hineinschauen. »Nein«, ruft er erneut und schiebt mich beiseite. Auch Theda ruft mich zurück. Schade, meine Untersuchung muss ich auf später verschieben.

»Das könnte gehen«, sagt ein anderer, dann reden alle miteinander und der Würstchenbesitzer beginnt seinen Rucksack zu entleeren. Ob er mir etwas gibt? Seltsam, die anderen verstauen seine Sachen in ihren Rucksäcken. Schon packt mich mein Frauchen wieder. Sie soll sich keinesfalls mit mir über den Abgrund wagen! Ich jaule und belle, ich winsle und zapple. Das wäre Wahnsinn! Einen Sturz würde ich nicht überleben!

»Ganz ruhig, Alfu, anders geht es nicht.« Dann versucht sie mich in diesen Rucksack zu bugsieren, doch ich wehre mich. Wie soll ich da hineinpassen? Will sie mich einsperren? Das lasse ich nicht zu! »Alfu!«, schreit sie. Sie wird böse, doch meine Angst verringert das nicht. Auch der verbliebene Würstchengeruch kann mich nicht ablenken. Theda packt mich und setzt mich in dieses viel zu enge Gepäckstück. Zum Glück passen Vorderbeine und Kopf nicht hinein. Ich belle, will wieder hinaus, aber sie hält mich fest, streichelt und beruhigt mich. Was soll das nur werden?

Jetzt setzt der Dicke mit viel Geschaukel den Rucksack auf seinen Bauch. Er und Theda achten darauf, dass ich nicht herausspringe. »Ganz ruhig, Alfu«, sagt sie und streichelt mich wieder. Die beiden lassen mir keine Chance zur Flucht.

Im nächsten Moment steht dieser Fremde mit mir auf der Leiter. Am liebsten würde ich weglaufen, doch das geht nicht mehr. Mir bleibt auch nichts erspart!

»Das sind etwa zwanzig Meter«, meint einer aus der Gruppe.

Der Blick nach unten verschlägt mir die Stimme. Welch eine Tiefe! Jetzt nur nicht bewegen. So klein wie möglich mache ich mich, um nicht womöglich aus diesem schwankenden Sack zu stürzen. Regungslos verharre ich, starr vor Angst in dieser schrecklichen Höhe, während es Stufe für Stufe hinabgeht. Wo ist nur meine Chefin hin? Warum lässt Theda das zu? Über uns sehe ich sie nicht, ich rieche sie aber unter mir. Sie muss vorausgegangen sein.

Endlich nimmt der Mann seinen Rucksack wieder ab und lässt mich hinausspringen. Wir sind heil unten angekommen! Fröhlich tobe ich umher. Dass ich das überlebt habe …

»Gut hast du das gemacht«, lobt er mich, dann lasse ich ihn kurz mein Köpfchen streicheln.

Auch bei Theda spüre ich Freude. »Das war wirklich heldenhaft von dir, so stillzuhalten«, sagt sie.

Stolz mit meinem Schwanz wedelnd, sehe ich die Felswand hinauf. Da bin ich runter! Das schafft kein anderer Hund.

Thomas Pfeiffer

Die Retterin des Glücks

Eine schwere, mit Lederhandschuhen bezogene Faust hämmerte gegen die massive Holztür.

»Hohoho«, schallte es verzerrt. Dazu kamen ein dumpfes Glockenläuten und eine Stimme, tief wie ein Kontrabass. Als sich die Tür von außen öffnete, trat ein maskierter Mann ins Wohnzimmer und verdunkelte augenblicklich das einfallende Licht des Flures. Keine Sekunde später brach die Hölle los.

Das scheinbar finsterste Ende (m)eines Albtraums beruhte auf einer wahren Begebenheit.

Weihnachten!

Hört meine Geschichte und die von der Englischen Bulldogge Maggie, der Retterin des Glücks.

Seit ich 2000 den griesgrämigen Grinch im Kino gesehen hatte, war mir klar: Ich war wie er. Ich konnte nichts dagegen tun. Doch wie sollte ich das meinen Lieben beibringen? Für sie war Weihnachten das Fest der Familie und der Besinnlichkeit. Ja, was denn nun? Besinnlichkeit oder Familie?

Besinnlich war für mich ein Fest ohne kitschige Weihnachtsdeko, ohne Weihnachtslieder und vor allem ohne kreischende Neffen und Nichten, die jedes Jahr von Geschenken fast erschlagen wurden. Vor allem aber widersprach sich Besinnlichkeit für mich mit »Last Christmas«, »Drei Haselnüsse für Aschenbrödel« in Endlosschleife und der »Helene Fischer Show«.

Allein mit meiner Maggie auf der Couch. Das wär's! Mein Glück wäre perfekt. Denn auch in der Weihnachtszeit blieben unsere Berliner Stadtwohnung und der Schrebergarten quietschbunt und exotisch. Einzig das Eichhörnchenhaus zwischen den blätterlosen Weinranken verlieh neben dem wie ein Pinsel zusammengebundenen Pampasgras ein bisschen winterlichen Flair. Das war mein Paradies. Hier wollte ich sein. Auch oder gerade zum Weihnachtsfest.

Wir arbeiteten nur so viel, wie wir mussten, und lebten und genossen so viel, wie wir konnten. Materielle Sachen waren nebensächlich. Das Leben meinte es gut mit uns.

Ich war ein echter Glückspilz, zumindest an 362 Tagen im Jahr.

Neben meiner Frau war mein allergrößtes Glück in dieser Welt unser Bulldoggmädchen, etwas dicklich, mit sonnigem Gemüt und einem Herz aus Gold. Wenn Maggie morgens ihre rehbraunen Augen aufschlug, herzhaft gähnend den Kopf im Körbchen hob und sich streckte, leuchteten auch meine Augen. Ihr braun-weißes Fell glänzte in der hereinscheinenden Sonne, ihre Augen strahlten und ihre stoische Gemütlichkeit vereinte sich mit meiner.

Ich hatte mein Glück gefunden, wollte es bewahren und niemals herausfordern.

Einmal im Jahr jedoch wurde es strapaziert. Eigentlich überstrapaziert. Nein, es verließ mich für sage und schreibe drei Tage gänzlich. Dann fühlte ich mich leer, gestresst, genervt und erkannte mich selbst nicht wieder.

Und auch dieses Jahr sollte es für uns kein gemütliches, gemeinsames Weihnachten auf der Couch geben. Dieses Jahr sollte unsere Maggie zum ersten Mal das komplette Weihnachtschaos, äh, Fest meiner Schwiegerfamilie kennenlernen.

Am frühen Morgen des Heiligabends, an dem Maggie mein Glück rettete, starteten wir von Berlin in Richtung Thüringen, der Heimat meiner Frau. Geschlagene vier Stunden quälten wir uns mit dem Auto, um 250 winterliche Kilometer zurückzulegen, bei Wetterbedingungen, die man eigentlich bei einer Durchquerung Grönlands erwartet hätte.

»Es ist nicht ein einziger Parkplatz mehr frei«, stöhnte ich. »Das geht ja schon gut los.«

»Komm Schatz, stell ich dich einfach erstmal in die Einfahrt«, beschwichtigte meine Frau und schnappte sich nach dem Einparken Maggie und die Geschenketüte. »Gemeinsam packen wir das!«

Ein Lächeln huschte über unsere Gesichter. Doch schnell wurden wir in unserer Fröhlichkeit ausgebremst.

»Seid ihr auch endlich da?«, brummelte uns meine Schwiegermutter entgegen. »Wir haben noch so viel vorzubereiten. Helft doch mal schnell.« Meine Schwägerin Maria nickte mir kurz von der Couch aus zu.

Mein »Hallo, ihr zwei, schön euch zu sehen!« ging dabei direkt unter. Einmal Gast sein dürfen und nichts machen müssen, dachte ich still. Oder einfach über Weihnachten wegfliegen. Das wär's! Noch nicht zu Ende gedacht, drückte die Hausherrin mir auch schon eine Einkaufsliste in die Hand. »Kannst du noch mal schnell ins Kaufland fahren? Wir haben was vergessen.«

»Wir? Warum kann denn nicht Maria einkaufen fahren?« Mein Kopf zuckte in Richtung Wohnzimmer. »Schaut die schon wieder Netflix?«

Ich erntete nur strenge Blicke.

»Hör auf zu stänkern. Du weißt genau, dass sie das beruflich macht. Sie muss sogar jetzt am 24. arbeiten, die Arme.«

»Für Netflix?«

»Nein, sie ist doch Blockerin oder Influenzarin, oder wie das heißt.«

Bei dem Wort Influencerin musste ich sofort an Grippe denken. Meine eigentlich arbeitsscheue Schwägerin arbeitete jetzt also schwer hinter ihrem iPad. Nur gut, dass man dabei auch rauchen konnte. Schwere Arbeit brauchte einen Ausgleich. Ein Grummeln durchfuhr meine Magengegend. Meine Frau, die mir folgte, erkannte die Vorboten sofort und lächelte verschmitzt: »Schatz, da müssen wir durch.« Auch meine Maggie witterte den Ärger in der Luft. Wir schauten uns an. Aber ein Blick in ihre treuen, braunen

Hundeaugen genügte und sie gab mir durch ein Runzeln Ihrer Falten zu verstehen: auf ins Getümmel, Herrchen. Jetzt wird es ernst. Ich zwinkerte ihr zu. Sie verstand mich ohne Worte und wusste, wie dankbar ich für ihre Anteilnahme war.

Kopfschüttelnd gab ich meinen Widerstand auf. »Na los, Hase, wir müssen ins Kaufland. Kommst du?«

Doch meine Frau antwortete, irgendwo, entfernt im Haus: »Ich kann nicht mitkommen, Schatz. Ich muss noch alle Geschenke für die Kinder einpacken. Das sind so viele, ein Riesenstapel. Da brauche ich noch Stunden.«

Warum haben die die nicht schon längst eingepackt? Die liegen doch nicht erst seit gestern in unüberschaubaren Stapeln auf dem Dachboden. Doch wieder blieb ich stumm. Mein inneres Stress-Wetter-Barometer signalisierte aufziehende Gewitter. So fuhr ich missmutig in den vollkommen überfüllten Einkaufsmarkt, um die fehlenden Reste für das Festtagsmenü einzukaufen. Wohlgemerkt, eine Zitrone und einen Becher Schlagsahne. Die Zitrone passte zu meiner Stimmung.

Auf dem Rückweg stolperte ich fast über Maggie, die fröhlich aus dem Garten gerannt kam. »Ich komm noch früh genug zurück ins Weihnachtschaos«, murmelte ich leise, stellte die Minieinkaufstüte ab und knuddelte meine kleine dicke Fellmurmel. Sie spürte meine Anspannung und warf mir einen mitfühlenden Blick zu. Plötzlich stupste sie mich mit ihrer feuchten Hundenase an und schien mir Mut machen zu wollen.

»Sei froh, dass du ein Hund bist, Maggie. Da bleibt dir viel erspart.« Sanft streichelte ich über ihr Fell, seufzte und wollte gerade entspannt durchatmen, da ertönte von drinnen die mütterliche Stimme: »Kannst du dich bitte mal beeilen? Ich brauche die Einkäufe in der Küche.«

Wohl wissend, was mich jetzt erwartete, betrat ich das Haus und stieß fast mit meiner Frau zusammen. Wie einen Turm von Bausteinen balancierte sie die verpackten Geschenkkartons vor ihrem

Körper. »Warte, ich stell nur schnell den Einkauf in die Küche, dann mach ich dir auf.«

Hinter der Wohnzimmertür wurden wir geradezu von einer Horde wild gewordener Kinder und Erwachsener bestürmt. »Schön, dass ihr auch schon kommt, Onkel Tommi. Wir dachten schon, ihr kommt gar nicht mehr. Wir wollen endlich Geschenke auspacken.«

»Kinder, Kinder, Weihnachten geht es doch nicht nur um Geschenke, es geht doch um …« Mitten im Satz wurde ich unterbrochen. Verständnislose Augenpaare schauten mich fragend an. Mein Bauch grummelte vor Hunger. Betrübt stellte ich fest, dass mein Plan, vor der Bescherung in Ruhe zu essen, nicht funktionieren würde. Kraftlos ließ ich mich in den Sessel fallen und ergab mich meinem Schicksal.

Mit Maggie auf der Couch. Das wär's! Alles wäre besser als so ein Heiliger Abend zwischen völlig überzuckerten, hyperaktiven Neffen und Nichten, die im Akkord nach dem Weihnachtsmann riefen, dem aufgedrehten Mops der Schwägerin und der halb tauben Oma, die in der Lautstärke eines startenden Düsenjets gegen die Geräuschkulisse ansprach.

Nur eine saß ganz entspannt zwischen meinen Füßen: Maggie. Doch mein Glück hatte sich trotzdem in den schwärzesten aller Albträume verwandelt. Da half auch das sonst so beruhigende Grunzen von Maggie nichts.

Die Familie war nun fast vollzählig im Wohnzimmer versammelt. Nur Schwiegervater fehlte. Der Kamin heizte die Raumtemperatur steil nach oben, die Luft waberte, mein Blutdruck stieg ins Unermessliche. Auch die Kinder und Hunde wurden unruhiger. Es war kaum zum Aushalten. Und dabei ging es gerade erst los. Als ich mich resigniert dem Chaos ergab, berührte mich etwas Kaltes. Maggie stupste mich sanft an meine herunterhängende Hand, sah zu mir hoch und – zwinkerte mir zu. Hatte sie mir wirklich zugezwinkert?

Doch sofort wurde ich wieder zurückgeholt, als klebrige Kinderhände auf meine Oberschenkel schlugen und im Kanon riefen, was sie alles vom Weihnachtsmann zu bekommen hofften. Der Mops der Schwiegermutter zerrte das Lametta vom Weihnachtsbaum und Oma rief gegen die Geräuschkulisse:»Ja, ist denn heute schon Weihnachten?«

In diesem Moment hämmerte eine schwere, mit Lederhandschuhen bezogene Faust gegen die massive Holztür.»Hohoho«, schallte es verzerrt. Dazu kamen ein dumpfes Glockenläuten und eine Stimme, tief wie ein Kontrabass. Als sich die Tür von außen öffnete, trat ein maskierter Mann ins Wohnzimmer und verdunkelte augenblicklich das einfallende Licht des Flures. Keine Sekunde später brach die Hölle los. Mein Schwiegervater stand mehr oder weniger schlecht verkleidet im Türrahmen und wankte herein. Dumpfe, laute Töne entglitten seinen Stimmbändern.»Hohoho, hier kommt der Weihnachtsmann!« Dazu schwang er eine alte, schwere Kuhglocke, hielt in der anderen Hand die Rute. Sämtliche Kinder verstummten sofort.

Auch der Mops zog sich quietschend hinter den Sessel zurück.

Nur Maggie blieb ruhig, zwinkerte mir erneut zu. Dann stürmte sie nach vorn, knurrte, bellte und stellte das sonst so seidige Fell auf. Erst wenige Zentimeter vor dem Weihnachtsmanndouble hielt sie an. Der Kostümierte ließ starr vor Schreck die Rute fallen und wich zurück.»Wer bist du denn? Warst du denn auch ein braver Hund?«, versuchte er die Situation zu retten.

Doch das war Maggie egal. Sie ließ nicht nach und bellte geflissentlich weiter. Nur einmal, ganz kurz, schaute sie zu mir zurück, direkt in meine Augen. Da begriff ich es endlich:»Aus, Maggie. Nein!«

Keine Reaktion.

»Die beißt den Weihnachtsmann«, riefen die Kinder im Chor.»Unsere Geschenke!«, schallte es aus den Mündern, die ihre imaginären Wunschzettel davonschwimmen sahen.

»Maggiemaus, aus! Lass das!« Doch Maggie drehte mir nur wieder ihren kleinen hübschen Dickkopf zu und bellte energisch und unverdrossen weiter.

Du bist so clever, mein Mäuschen, dachte ich im Stillen und rief:»Sie hat sich bestimmt nur erschreckt. Ist doch alles neu für sie. Ich nehme sie und geh mit ihr hoch ins Esszimmer. Ihr feiert einfach weiter.« Gesagt, getan.

Mit Maggie auf dem Arm stieg ich die Treppe hinauf, setzte sie auf die Couch, gab ihr einen dicken Schmatzer auf die Wange. Dann holte ich einen Teller voll mit Kartoffelsalat und legte genüsslich zwei Würstchen für uns beide darauf.

Während ich mich neben Maggie setzte, zwinkerte ich ihr diesmal zu und spürte, wie mein Glück zurückkehrte. Mit jedem Bissen ein wenig mehr.

Danke Maggie!

Charlotte Kunstmann

Arkash, der Lesehund

Dass etwas nicht mit Linus stimmte, bemerkten wir erst, als er in die Kita kam. Während die anderen Jungs miteinander rauften, Höhlen bauten, sich als Piraten verkleideten und auf Klettergerüsten turnten, saß Linus meist alleine am Rand oder auf der Schaukel, knabberte an seiner Karotte und schaute kritisch seinen Kindergartenkameraden zu. Nur beim Basteln, da ging er förmlich auf und versank in seiner Konzentration, vergaß alles um sich herum und es gab nur ihn und die Knete oder die Schere. Er benötigte ewig, um etwas auszuschneiden, berichtete uns seine Bezugserzieherin. Linus war dann kaum ansprechbar und als es einmal nicht so klappte, wie er es sich vorgestellt hatte, schrie er und warf die Kinderschere durch den Raum. Dabei traf er aus Versehen Melek, die vor Schreck zu weinen anfing. Linus, in seinem Ärger über das eigene Versagen, rannte weg und versteckte sich unter eine Kiste, anstatt sich zu entschuldigen, so die Erzieherin im Elterngespräch am nächsten Nachmittag. Als man ihn versuchte dort herauszuholen, schlug er um sich und tobte, als würde die Welt untergehen. Er wollte oder konnte sich nicht bei Melek entschuldigen. Die weinte immer noch und berichtete ihren Eltern natürlich von Linus' Tobsuchtsanfall. Wir telefonierten lange mit Meleks Eltern und den Erzieherinnen.

Diese kleinen Ausraster häuften sich und bald erkannten wir auch zuhause ein Muster. Sobald Linus in seiner kleinen Bastel-Welt versunken war, war es, als würde er in einer unsichtbaren Konzentrationsblase sitzen, die von außen niemand mit Worten zu durchbrechen vermochte. Wenn man ihn dann berührte und ihn bat, die Legosteine oder die Malstifte beiseitezulegen, und dadurch das von ihm in seinem kleinen Kopf perfekt ausgemalte Ziel zerstörte, dann brodelte und kochte es in ihm.

Nach einem seiner kleinen Anfälle fragte ich ihn, was genau ihn so wütend gemacht und ob ich etwas falsch gemacht hätte. Er fand keine Worte, um auszudrücken, was genau mit ihm in diesen Momenten geschah, aber natürlich sahen sich die anderen Kinder nun vor und auch die Erzieherinnen und Eltern waren gewarnt. Gleichaltrige mieden Linus und ich sah, dass er unglücklich war.

Ich lud zwei befreundete Mütter mit ihren Jungs zum Kaffee ein. Die Kinder brachten ihre Autos mit und ließen sie durch die Wohnung flitzen. Linus jedoch saß allein auf dem Spielteppich in seinem Zimmer. Er drehte sein Spielzeugfahrzeug um und begann mit seinem Kinderwerkzeugkasten daran zu schrauben und zu werkeln. Keiner konnte oder wollte seine kleine Blase durchbrechen. Keiner wusste, wie man Linus in einer solchen Situation begegnen sollte, und auch ich fühlte mich hilflos.

»Lass ihn«, sagte mein Mann, »er spielt doch so schön.«

Aber ich sah, dass es mehr war. Das, was von außen wie ein kleiner, konzentrierter Erwachsener aussah, der an einem Polizeiauto schraubte, bis es in alle Einzelteile zerlegt war, um es dann, nach einer kleinen Pause, wieder perfekt und funktionstüchtig zusammen zu bauen, das war kein Spiel, das war Arbeit. Perfektionierte, harte Arbeit. Ich wünschte mir, dass auch Linus wie die anderen Kinder frech und frei über den Spielplatz rennen würde. Dass er keine Angst hatte zu fallen. Dass er mutig und stolz auf sich war. Doch er behielt sein ernstes und manchmal verkrampftes Gesicht, das keinen Freiraum für Toben und im Matsch Tollen ließ, wenn er morgens in den Kindergarten ging. Es war, als würde er nur darauf warten, dass endlich diese alberne Phase seines Lebens vorbei war, damit er etwas Sinnvolles tun könnte. Zur Schule gehen, mit den großen Kindern, so wie Halma und Lasse aus der Nachbarswohnung, das sei sein Wunsch, erklärte er mir an einem Abend. Da war er fünf. Morgens stand er in seinen Gummistiefeln und seinem kleinen Rucksack in der Form eines Dinos auf dem Rücken am Fenster und sah neidvoll die Nachbarskinder auf ihre Räder steigen und zur Grundschule fahren. Mein Mann und ich überlegten und stritten lange, ob wir Linus' Wunsch erfüllen sollten, und schließlich entschlossen wir uns, ihn ein Jahr früher einzuschulen. Seine Augen glänzten und er fiel uns um den Hals, als wir ihm davon berichteten. Mein Mann nickte und ich sah, dass er kräftig schlucken musste, als Linus ihm sagte, dass heute der schönste Tag in seinem Leben sei.

Was wir nicht ahnten, war, dass es in der Grundschule nur noch schlimmer werden würde. Linus, klein und schmächtig, aber gierig nach Wissen, sog alles auf, was man ihm vor die Nase legte. Seine anfängliche Vorfreude, nun auf Gleichgesinnte zu stoßen, verflog jedoch schnell und er fand keinen richtigen Anschluss bei den anderen Kindern. Er machte seine Hausaufgaben bereits im Unterricht und langweilte sich. Seine Lehrerinnen lobten ihn zwar und alle gingen freundlich mit ihm um, aber ich sah, wie Linus sich erneut veränderte. Er wurde noch schweigsamer als zuvor und ich bemerkte, wie er unruhiger wurde und dass es hinter seiner ernsten Miene wieder zu brodeln anfing. In seinem zweiten Schuljahr hatte Linus wieder einen seiner »Ausraster«, wie mein Mann es nannte. Doch der hatte es in sich.

Er war eben erst sieben geworden. Die anderen waren zwar nur ein Jahr älter, aber das ist manchmal im Kindesalter eine ganze Welt. Die Neckereien und Beleidigungen überschlugen sich, berichtete später eine Mitschülerin der Klassenlehrerin. Als er seine am Computer selbstentworfenen Einladungskarten verteilte, lachten die anderen Klassenkameraden über seine Motivwahl mit den kleinen Dinos. Es artete schließlich so aus, dass sich Linus am Ende so in die Ecke gedrängt fühlte, dass er schrie und tobte und sich schließlich mit all seiner Kraft an das Bücherregal der Klasse klammerte und es zum Wanken brachte, bis dieses einstürzte. Henry, ein lieber Junge, den er zu seinem Geburtstag eingeladen und der ihn zu beruhigen versucht hatte, stand ungünstig und ein

Regalbrett samt Büchern fiel auf ihn. Er brach sich den Arm. Und wie damals im Kindergarten rannte Linus davon, versteckte sich im Klo und tobte auch hier weiter und konnte sich nicht entschuldigen. Niemand kam zu seinem siebten Geburtstag und es kostete uns einige Mühe und Aufwand, die Situation mit den Lehrkräften und den Eltern von Henry zu besprechen.

Im Laufe der dritten Klasse wurde es immer schlimmer. Linus zog sich in sich zurück. Er erzählte mir nicht mehr, was in der Schule vorgefallen war, aber abends hörte ich ihn in seinem Bett weinen. Er schlief schlecht und oft waren seine Nerven bis zum Zerreißen gespannt. Wir gingen von einem Arzt zum nächsten. »Er hat ADHS«, sagte mir ein Arzt, das sei offensichtlich und gegen die Unruhephasen wollte er ihm Ritalin verschreiben. Ich war dagegen. Mein Mann dafür. Er wünschte sich den ruhigen, konzentriert spielenden Jungen zurück. Ich befürchtete eine weitere Wesensveränderung. Linus war einsam und er war wütend. Ich dachte über einen Schulwechsel nach.

In den Herbstferien fuhr ich mit Linus nach langer Zeit wieder einmal zu meiner Schwester aufs Land. Sie lebte mit ihren Teenagertöchtern, Katzen, Enten und Pferden und ihrem Berner Sennenhund Buster in einem Dorf in Niedersachsen. Die Felder, der Wind, der Platz, sich frei und ohne Druck auszuprobieren – ich spürte, wie Linus jeden Tag ein wenig mehr aufblühte. Besonders die Tiere hatten es ihm angetan. Stundenlang sah ich ihn ausgeglichen neben dem Hund sitzen. Ich sah, wie er ihn kraulte, mit ihm sprach, puzzelte oder las. Meine Schwester erzählte mir, dass sie regelmäßig mit Buster als Lesebegleithund die Schulen in der Region besuche. Außerdem gehe sie mit ihm auf den »Sonnenhof«, das war ein Bauernhof für Kinder und Jugendliche mit Beeinträchtigungen. Ich war beeindruckt.

Wieder in Berlin angekommen, erzählte ich meinem Mann von der Erfahrung mit Buster und überzeugte ihn. Wir fuhren gemeinsam ins Tierheim und redeten mit dem jungen Angestellten über unser Anliegen. Offen sprachen wir über Linus und über das, was wir uns von seinem zukünftigen Begleiter vorstellten. Das Gesicht des jungen Mannes mit Schiebermütze erhellte sich.

»Ich glaube, ich habe den perfekten Kandidaten für Sie«, sagte er. Wir gingen ein paar graue Gänge entlang, bis wir vor einem Zwinger stehen blieben. Der Mitarbeiter öffnete die Tür.

»Das ist Arkash, ein sympathischer Vizsla-Rüde im besten Alter. Er hat früher bei einer Dame gelebt, die beim Arbeiter-Samariter-Bund tätig war. Sie verstarb im letzten Jahr ganz plötzlich und niemand aus ihrer Familie konnte den Hund nehmen. Dabei war sie mit Arkash früher immer in Altersheimen unterwegs und zum Teil hat sie demente Patienten auch zuhause besucht. Eine wahrhaftig treue Seele. Nicht, mein Guter?«, sagte er und kraulte den Rüden hinter seinen braunen Ohren. Der legte den Kopf schief und sah uns freudig schwanzwedelnd von unten an. Er war perfekt. Eine Woche und ein paar Probe-Gassirunden später nahmen wir Arkash mit zu uns in sein neues Heim. Es sollte eine Überraschung für Linus werden und wir hatten uns extra freigenommen.

Als Linus von der Schule nach Hause kam, sagten wir ihm, dass da jemand auf ihn wartete. Skeptisch ging er in sein Zimmer. Aber als er Arkash dort auf dem Spielteppich liegen sah, setzte er sich zu ihm, als sei es das Selbstverständlichste auf der Welt und als würde Arkash schon immer dort liegen und auf ihn warten. Er kniete sich hin, nahm den Hundekopf in seine kleinen Kinderhände und sah den Hund konzentriert an. Arkash, die Ruhe selbst, schaute zurück. Und auch wenn es vielleicht nur ein paar Sekunden gewesen waren, kam es mir so vor, als hätten die beiden in diesem Moment einen Pakt geschlossen, den niemand außer ihnen verstehen konnte.

Linus ging es seitdem sichtlich besser. Die Idee meiner Schwester, auch Arkash zum Lesehund ausbilden zu lassen, setzten mein

Sohn und ich gemeinsam in die Tat um und natürlich bestand Arkash mit Bravour den Wesenstest. Ich sprach mit der Klassenlehrerin von Linus und auch mit den anderen Eltern und bot an, einmal die Woche mit Arkash zusammen in die Schule zu kommen. Ich hatte nicht damit gerechnet, aber wir stießen auf großen Zuspruch. Immer donnerstags fuhr ich nun mit Arkash in Linus' Grundschule. War es zuvor noch laut und unruhig in der Klasse, schwiegen und flüsterten alle Kinder, es war wie Magie. Als würde Arkash seine Ruhe an die Kinder weitergeben. Immer drei von ihnen gingen dann in einen Nebenraum und lasen abwechselnd dem Hund und sich gegenseitig etwas vor. Eine Win-win-Situation für alle Beteiligten. Selbst die ganz schüchternen Kinder trauten sich vor Arkash, das laute Lesen zu üben.

»Arkash, freust du dich schon auf meine Geschichte?«, fragten die Kinder, wenn sie ihn sahen. »Weißt du noch, wo wir letzte Woche aufgehört haben?« Und: »Linus, du hast aber einen lieben Hund«, sagten sie und Linus grinste. Ich sah, wie es stolz in seinen Augen blitzte, wenn er Arkash am Ende des Schultages mit nach

Hause nehmen durfte. Dort angekommen setzte er sich mit seinem haarigen Helden auf den Spielteppich und las ihm weiter aus seiner Räubergeschichte vor.

Arkash wurde in nur wenigen Wochen zu einer sanften Schwingtür in Linus' kleine Welt, in die er sich immer noch gerne zurückzog, las, tüftelte und spielte. Rief man aber dann Arkash zu sich, so löste sich langsam auch die Konzentrationsblase um Linus, ohne sie gleich zum Zerplatzen zu bringen. Als ich an einem Nachmittag von der Arbeit nach Hause kam, saß Linus im Flur, der sich seine Turnschuhe anzog und die Leine von der Halterung nahm.

»Hallo mein Großer«, begrüßte ich ihn, »wo wollt ihr zwei denn hin?«

»Na, Halma von nebenan kommt gleich. Sie hat mich heute in der Schule gefragt, ob wir zusammen spazieren gehen«, sagte Linus. Ich bemerkte, dass er stolz war, und freute mich von Herzen für ihn. Mit einem Wumms zog er die Wohnungstür hinter sich zu und tat einen großen Schritt in eine neue Lebensphase.

Nachwort

Ein Buch mit Hundegeschichten nur für meine Rentnerbande. Was für eine tolle Idee!

Meine Arbeit mit den Hundesenioren ist wahrlich nicht immer einfach. Aber sie bereichert mein Leben so ungemein, dass ich nicht einen einzigen Tag mit ihnen missen möchte.

Gesundheit ist ein hohes Gut! Nicht nur für uns Menschen. Deshalb seien Sie sorgsam mit sich selbst. Und bitte verlieren Sie auch die nicht aus dem Blick, die unsere Hilfe so dringend brauchen.

Lesen und dabei Gutes tun. Es ist so einfach.

Danke für Ihre tatkräftige Unterstützung!

Ihre Stevie Badura und die Rentnerbande

Mehr über das Hundeseniorenhospiz erfahren Sie unter:
https://www.stevies-hundehospiz.de
https://www.facebook.com/stevie.hundesenioren.hospiz
https://www.instagram.com/hundeseniorenhospiz/

Die Autorinnen und Autoren

Andrea Bannert hat mit siebzehn Jahren die Ausbildung zum Hundetrainer beim Deutschen Hundesportverband (dhv) absolviert. Seitdem unterstützt die 1982 geborene Schriftstellerin im Projekt »Hunde bauen Brücken« die tiergestützte Heilpädagogik. Mit ihrer Border Collie Hündin Aika war sie im Agility-Team der Hundesportfreunde Königsdorf aktiv. Heute besitzt die Autorin zwar keinen eigenen Hund mehr, aber die Liebe zu den Tieren ist geblieben. Andrea Bannert veröffentlichte sechs Romane, darunter ihre Atlantis-Trilogie »Clyátomon« und zahlreiche Kurzgeschichten. Als Wissenschaftsjournalistin erzählt die promovierte Mikrobiologin von Bakterien, Gehirnzellen oder Genen, unter anderem für den National Geographic, Focus Gesundheit, das P.M. Magazin oder den Bayerischen Rundfunk.

Als Kind schrieb und verschlang **Cleo Belien** bereits Geschichten wie Süßigkeiten. Mit acht Jahren verlor sie ihr Herz an einen Pekinesen, ohne damals zu wissen, welcher Hunderasse er angehörte. Weil er so süß wackelte beim Laufen und so ein niedliches plattes Gesichtchen hatte. »Bitte, ich gehe auch immer Gassi mit ihm!« Genutzt hat ihr diese Beteuerung damals nichts. Dafür lebt sie heute glücklich mit Mann, Tochter, zwei fitten 11-jährigen Kaninchenbrüdern und ihrer jungen Malteserin Nila in Berlin. Cleo schreibt derzeit an ihrem Debüt, einem All Age Fantasy Roman.

Robin Bergauf verbringt eine Menge Zeit mit sehr vielen in einen Raum gestopften Menschen und versucht, mit ihnen Musik zu machen oder Englisch zu sprechen. Manchmal funktioniert das und manchmal nicht. Warum das so ist, wüsste sie gern, deshalb erfindet sie Figuren, die es auch nicht wissen, und schreibt Romane darüber. Bevor, während und nachdem sie Lehrerin wurde, war sie unter anderem Gärtnerin, Übersetzerin, Musikerin, Ausländerin aus dem Westen, Ausländerin aus dem Osten, Schreibende und Lesende auf verschiedenen Bühnen. Sie hat zwei Romane und Kurzgeschichten veröffentlicht. Auf **christinamueller.de** gibt es noch mehr ihrer Texte zu lesen.

In Hunden erschnuppert Robin immer wieder das Verwandte und die wundersamen Eigenschaften. Sie schätzt sie als Bindeglied zwischen Mensch und vernunftentlasteter Natur.

Hanna Bertini lebt mit Kind und Kegel, aber ohne Hund, bei Braunschweig und in Berlin. Sie wurde als Zweijährige von einem Hund gejagt und hat seitdem gehörig Respekt vor den Vierbeinern. Umso mehr freut sie sich, mit ihrer Geschichte tierisch-literarisches Neuland zu betreten, und hat die persönliche Herausforderung gern angenommen. Die Autorin schreibt Kurzgeschichten und Aphorismen, die u. a. in Anthologien des Strittmatter-Literaturwettbewerbs 2019, der Literaturzeitschriften Litopian und Haller, sowie den Wettbewerbsanthologien des Deutschen Aphorismus Archivs 2018 und 2020 aufgenommen wurden.

Ulrich Conrad, Jahrgang 1966, lebt allein in Berlin-Zehlendorf. Der Diplominformatiker war zweiundzwanzig Jahre Taxifahrer und schrieb nebenbei Fachartikel über Schienenverkehr sowie das Buch »Planungen der Berliner U-Bahn«. Um auch das Schreiben von Romanen zu erlernen, besuchte er über fünf Semester Romanwerkstätten an der Victor-Gollancz-Volkshochschule in Berlin, entwickelte eine Reihe von Kurzgeschichten und Novellen und arbeitet derzeit an seinem dritten Romanmanuskript. Nebenbei schreibt er gelegentlich Artikel für das Gemeindeblatt der evangelischen Kirchengemeinde Schönow-Buschgraben in Berlin-Zehlendorf. Er ist Mitglied in den Autorengruppen »ForumWort«, »Romaniacs«, »Die Schlangenbader«, »Berliner Autorenstammtisch« und »Hofpoeten«. Außerdem ist er vielseitig ehrenamtlich tätig, unter anderem als Wanderleiter und im Gemeindekirchenrat. Er engagiert sich aber auch für die Verkehrsbelange in der Bürgerinitiative Zehlendorf. Dass er seit Jahren stets barfuß unterwegs ist, hat ihm zudem nicht nur einen hohen Wiedererkennungswert beschert, sondern auch eine Reihe von Interviews in der Presse und im Fernsehen. Online findet man ihn auf Facebook oder auf seiner Website:

www.facebook.com/ulrich.conrad.1
www. ulrichconrad.de

Mila J. Dragar wohnt aktuell in Berlin und ist verliebt in zwei zauberhafte Katzen. Die beste Schreibposition ist nämlich, wenn eine der beiden oder gleich alle zwei als schnurrende Musen auf ihrem Schoß sitzen. Das bedeutet allerdings nicht, dass sie ein Katzenmensch ist. Sie ist nämlich ebenso viel begeisterter Hundemensch mit herzlichen Erinnerungen an ihre Familienhunde, aber auch Schweinemensch und Hühnermensch und Rindermensch, der diese Tiere lieber am Leben weiß als auf dem Teller. Und außerdem ist sie auch Regenwurmmensch, der die Regenwürmer vom Bürgersteig auf die Wiese setzt, und Nilpferdmensch, weil Nilpferde sehr cool sind.

Laszlo Hartmann wuchs Ende der 1960er Jahre in Flensburg auf. Nach dem Abitur zog sie nach Westberlin, lebte in einem von Frauen besetzten Haus und jobbte als erste weibliche Türsteherin Kreuzbergs in einer Szenendiskothek. Nebenbei studierte sie Allgemeine und Vergleichende Literaturwissenschaften und Publizistik. Mitte der 90er Jahre stieg sie quer in die Medienwelt ein und arbeitet seitdem als freiberufliche Autorin, Redakteurin und Regisseurin, vor allem für das öffentlich-rechtliche Fernsehen. Sie schreibt Drehbücher und Kurzprosa und arbeitet zurzeit an ihrem ersten Roman »Fremde Wellen« (AT). Einblicke in ihr Leben und Schreiben gibt sie unter:

www.hauptsache-geschichten.com

June Is veröffentlicht seit einigen Jahren ihre Kurztexte bei clue-writing.de, buecherstadtkurier.com und YouTube (EAPoe Produc-tions). Weitere Geschichten sind in den Anthologien Sehnsuchts-fluchten 2017: Hrsg. Nika Sachs & Julia von Rein-Hrubesch, Briefe aus dem Sturm 2018: Hrsg: Wiebke Tillenburg & Magret Kinder-mann, Das einsame Haus am grünen See 2018: Verlag ohneohren, Wien, sowie in Badass Angels – Gefiederte Kreaturen 2020: Hrsg: Emma N. erschienen.

Autorenseite: **https://www.amazon.de/-/e/B07FS2L46B**

Sabine Kiel, geboren 1960 in Berlin, lebt zusammen mit Mann und Hund in Berlin Lichtenrade. Sie ist studierte Betriebswirtin. Kleine Mischlingshunde begleiten sie bereits seit ihrem sechzehn-ten Lebensjahr. Ein Leben ohne Vierbeiner kann sie sich nicht vor-stellen.

Zurzeit arbeitet sie an ihrem ersten Roman.

Das Schreiben war schon in der Kindheit ihre Passion. Sie be-suchte mehrere Semester Romanwerkstätten unter anderem zum Thema »Von Meistern lernen« . Sie ist Mitglied der Autorengrup-pen »Romaniacs«, »ForumWort« und »Die Schlangenbader«.

Veröffentlichung: Eine Kurzgeschichte über Berlin mit dem Ti-tel »Ich werde bleiben« in der Anthologie »Stadt schlägt Sinn in dir – Pulsgeworden« von Sternen Blick, 2016.

Slavica Klimkowsky, 1958 in Kroatien geboren, lebt und arbeitet in Berlin. Sie studierte Medizin an der Freien Universität Berlin. Seit ihren Studientagen schreibt sie Rezensionen, Essays und Kurzpro-sa und veröffentlicht in Anthologien, war Preisträgerin bei mehre-ren Literaturwettbewerben (u. a. Tagesspiegel Erzählwettbewerb, Buchjournal Schreibwettbewerb, Preis der Einfachheit 2018 und 2019, Hildesheimer Literaturpreis – Publikumspreis 2020). Slavica ist erste Vorsitzende des Autorenforums Berlin e. V., organisiert und moderiert seit 2010 eine öffentliche Lesebühne in Berlin, war

Jurorin bei mehreren Literaturwettbewerben, ist Herausgeberin zweier Anthologien und Co-Autorin von »Brandschatz – Die Erfindung einer wahren Geschichte«, einem Roman-Mosaik.

Für **Felix Kraus** sind Hunde erleuchtete Existenzen. Siebzehn Jahre studierte er einen sehr speziellen Jack Russell Terrier, der ebenfalls eine transzendente Ausstrahlung besaß. Eines Tages zwinkerte ihm dieser Terrier zu. Der Hund lag dabei in der Sonne und hechelte, während Felix wie üblich an allgemeinem Weltschmerz litt. In diesem hündischen Zwinkern lag jedoch die Weisheit des Universums verborgen. Durch seine mentale Überlegenheit schloss der Hund die Kluft zwischen Mensch und Natur, und Felix wurde augenblicklich eins mit dem Kosmos.

»Lexi.exe« ist nach »Digitale Kinder« und »The Book You Read« sein dritter Roman.

Auf einem niedersächsischen Bauernhof mit Katzen, Pferden und Hunden großgeworden, schreibt die 32-jährige Autorin unter dem offenem Pseudonym **Charlotte Kunstmann** Artikel, Theaterstücke und Kurzgeschichten, die sie in Magazinen, auf ihrer Homepage und in den sozialen Medien veröffentlicht.

Als Lehrerin an einer Berliner Brennpunktgrundschule in Moabit kam sie in Kontakt mit dem »Lesepfoten-Projekt«, das sie sehr beeindruckte. Neben dem Schreiben unterrichtet sie heute Spanisch, Geschichte, Politik, Englisch und Darstellendes Spiel an einer Berliner Gesamtschule mit gymnasialer Oberstufe. Sie liebt die Natur und Tiere, darüber hinaus Livemusik, Kunst und Fotografie. Außer Englisch und Spanisch spricht sie auch ein wenig Portugiesisch.

https://www.besuchspfoten.de/lesepfoten/lesetier-team-werden/
https://charlottekunstmann.com/
https://www.instagram.com/charlotte_kunstmann/

Andrea Maluga geboren in Berlin, studierte nach beruflichen Ausflügen in den Technischen Zeichensaal, ins Kriminalgericht und in den Sightseeingbus Neuere Deutsche Literatur und Mittelalterliche Geschichte und darf sich Magistra Artium nennen

Sie verfasst nachdenkliche und heitere Kurzgeschichten für Erwachsene mit historischem Bezug und Geschichten für Kinder, die sie regelmäßig in jeweils eigenen Lesungen vorstellt und in Verlags-Anthologien veröffentlicht. Zur Zeit schreibt sie an genreübergreifenden Jugendromanen. 2012 gründete sie die Schreibwerkstatt »ZeilenZauber« und veranstaltet jährlich überregional den ZeilenZauber-Schreibwettbewerb für Kinder und Jugendliche im deutschsprachigen Raum. Sie hätte gerne eine Katze oder Gartennachbars Dackel, den sie als Kind im Puppenwagen spazieren fuhr.

Blog: **andreamaluga.wordpress.com**

Katrin Laskowski, Jahrgang 1963, wuchs in Vorpommern auf, ist als Grundschullehrerin an einer freien Schule tätig, daher das freie Vortragen und kritisches Publikum gewöhnt, schreibt Kurzgeschichten, Lieder, Gedichte, Kinder- und Jugendbuchmanuskripte. Erzählungen wurden veröffentlicht in »Preisgekrönt« (2017, Schule des Schreibens), »Spontanität« (2019, DraksalVerlag), »Stimmen der Gegenwart« (2020). 2010 war sie mit dem Manuskript »Boldarg« auf der Shortlist des »Goldener Pick« vertreten und 2017 auf der Shortlist des »Goldegg Bookslam« mit einer Lesung im Café Tachles vor Wiener Publikum.

Frank Lindner, 1971 in Eisenhüttenstadt geboren, lebt mit seiner Familie und Hündin Lotte im brandenburgischen Zeuthen. Weltoffen und weit gereist, fühlt er sich der Natur und den Tieren eng verbunden. Er liebt naturnahes Campen, Wassersport und lange Hundespaziergänge. Seine Geschichte »Die Schwanenjägerin vom Brieseltal« ist seine erste Veröffentlichung und eine Homage an seine 2018 verstorbene Bulldoggenhündin Soe.

Astrid Neunaber, geboren 1970 an der Nordsee, arbeitet als Sicherheitsfachkraft und Türsteherin, wohnt mit ihrer Familie am schönen Jadebusen. Ihr Leben wird von den Englischen Bulldoggen Butchy, der mit der Glückspfote, Gerda und Mastino Otto bestimmt. Und das ist gut so. Denn die drei bringen nicht nur ganz viel Freude in ihr Leben, sondern erheitern mit ihren Geschichten der Friesenbagage auf Facebook und Instagram eine eigene Fangemeinde.

Mehr von ihr findet man auf Facebook und Instagram:
https://www.facebook.com/astrid.kilimann
https://www.instagram.com/die_friesenbagage/

Debsi Peps ist Übersetzerin und lebt mit ihrer Familie in Berlin. Die abgedruckte Geschichte hat sie frei erfunden. Aber den Kleenen gibt es wirklich. Er kam als Batman zu Debsi und ihrer Familie und wird jetzt Peque/Kleener genannt. Auf einem ihrer Spazierwege in Berlin-Treptow liegt eine Seniorenresidenz, die Debsi zu dieser Geschichte inspiriert hat. Sollte Peque einmal ausbüxen, wird er hoffentlich auf jemanden wie Elfriede treffen.

Geboren 1977 in Thüringen, lebt **Nicole Pfeiffer,** M. A., heute mit ihrem Mann in Berlin. Die Autorin ist auf dem Land mit Tieren aufgewachsen und kann sich ein Leben ohne Hund nicht vorstellen. Im Alltag und in der Hospizarbeit setzt sie der lauten Großstadt leise, aber aufmunternde Töne entgegen. Immer an ihrer Seite ist Terrierhündin »Minzi«.

Die Autorin hat bereits zahlreiche Kurzgeschichten in Anthologien und in einer Publikation des Berliner Naturkundemuseums veröffentlicht und organisiert mit ihrer Schreibgruppe »ForumWort« regelmäßig gemeinsame Lesungen.

Mehr von ihr gibt es auf:
https://www.instagram.com/jay_daizy/

Thomas Pfeiffer, Jahrgang 1980, wuchs in Brandenburg auf. Seit Kindestagen mit einer blühenden Fantasie ausgestattet, schreibt er seit Kurzem selbst Geschichten. Inspirationen findet er als Ausgleich zur Büroarbeit im Garten, in der Natur und bei gemeinsamen Spaziergängen mit seiner quirligen Terrierhündin.

Sonja Stengel lebt mit ihrer Familie im Grünen am Stadtrand von Berlin. Neben ihrer Arbeit im Öffentlichen Dienst engagiert sie sich schon immer für den Tierschutz. Als Pflege- und Endstelle für Hunde in Not schlägt ihr Herz ganz besonders für alte und kranke Tiere, die leider nur selten eine Chance auf Vermittlung haben. Neben zwei Katzen und Fischen fanden bei ihr die Notbullis Spike, Perla und Elvis ein glückliches »Für-Immer-Zuhause«. Was das für Turbulenzen mit sich bringt, zeigt ihre Geschichte »Familie Kuchenzahn feiert Geburtstag«.

Deborah B. Stone ist ausgebildete Poesiepädagogin und organisiert die Berliner Autorengruppe »ForumWort«. Diese persönliche Geschichte ist ihrer geliebten Hündin Momo gewidmet, die nicht nur eine geduldige Schreibbegleiterin war, sondern auch eine stets liebevolle große Schwester für die Tochter der Autorin. Normalerweise verfasst Deborah Fantasy. In ihren Geschichten schreibt sie für ein achtsames Miteinander aller Wesen: Menschen, Tieren und magischen Kreaturen.

In der Realität geht sie für Tierrechte auf die Straße und ernährt sich selbst seit Langem vegetarisch.

Mehr über die Autorin:

www.deborah-stone.de

Bibliografische Information der Deutschen Nationalbibliothek:
Die Deutsche Nationalbibliothek verzeichnet diese Publikation in der
Deutschen Nationalbibliografie; detaillierte bibliografische Daten sind
im Internet unter http://dnb.d-nb.de abrufbar.

1. Auflage 2021, © Mariposa Verlag Ursula Strüwer
12205 Berlin, www.mariposa-verlag.de
Satz und Umschlaggestaltung: Mariposa Verlag
Zeichnungen: Nicole Pfeiffer
Foto Seite 157: Stevie Badura
Umschlagfoto: Melina Friedrich (Anna Dobbert - Ella & Fritz)
Umschlagfotos Klappe U1: Stevie Badura
Umschlagfotos Klappe U4: Deborah B. Stone, Debsi Peps, Frank Lindner,
Cleo Belien, Sonja Stengel, Astrid Neunaber, Nicole Pfeiffer, Mila J. Dragar,
Nicole Gnädig und Marion Ziebell
Druck und Verarbeitung: SDL Buchdruck Berlin
Hergestellt in Deutschland
ISBN 978-3-946424-26-0